《雪域高原格桑花》编辑委员会

主　任：赵铁骑

副主任：杜嗣琨　刘晓龙

主　编：赵铁骑　杜嗣琨

委　员：（按姓氏笔画为序）

王　权　史　敏　孙　健　朱　琳　许新霞

刘源源　任磊萍　肖玉林　肖志涛　陈　俊

李宪力　吴紫芳　郑柱子　旺　堆　赵连军

雪域高原格桑花

 གངས་ལྗོངས་མཐོ་སྒང་གི་སྐལ་བཟང་མེ་ཏོག

赵铁骑　杜嗣琨/主编

人民出版社

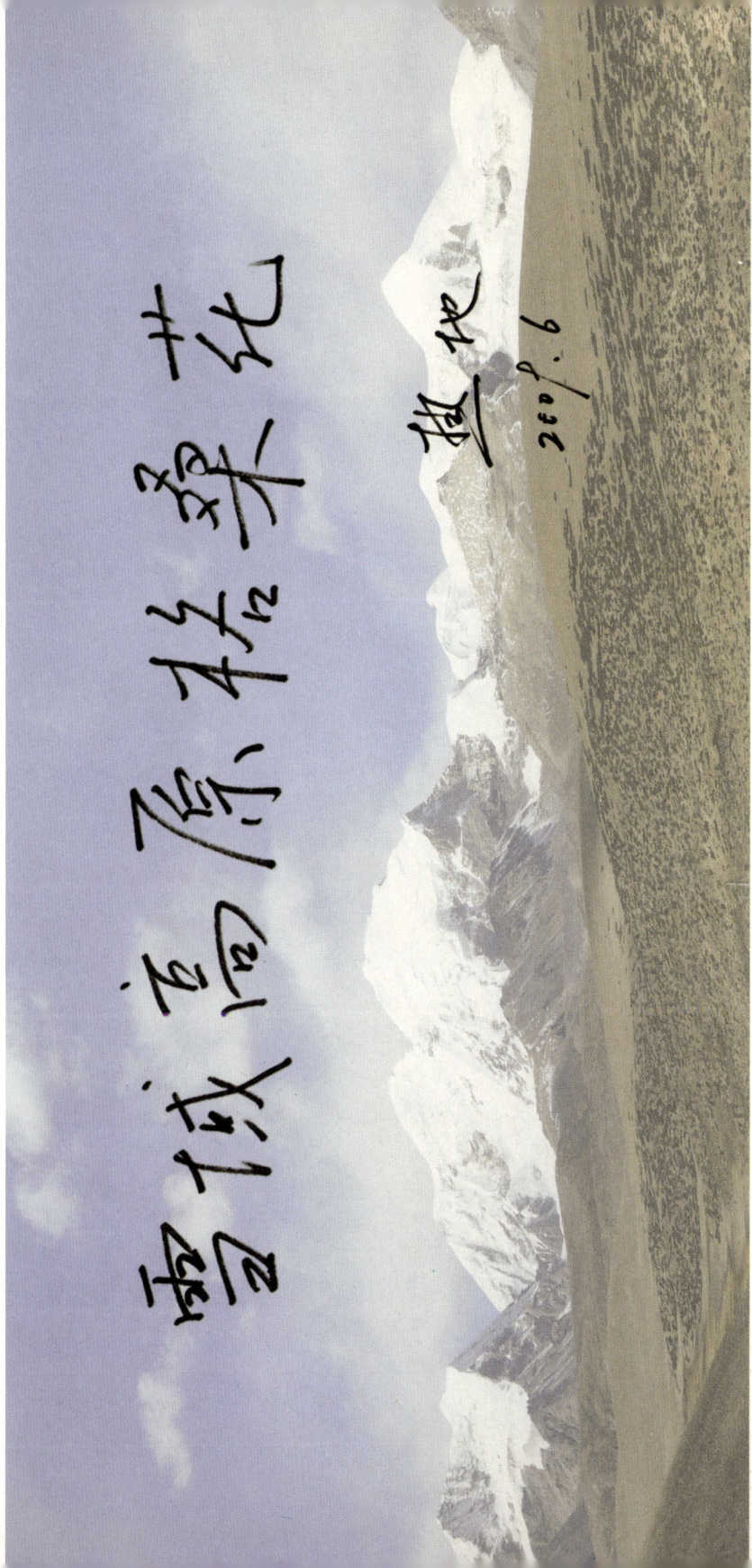

雪 덮인 高原을 보며

人生을 깊이 생각하다

강철 직

2008. 9.

བོད་ཀྱི་ཁ་བ་རི་པའི་སྒྱུ་རྩལ་ལོ་རྒྱུས།

དཔལ་ལྡན།

༢༠༠༦ལོའི་ཟླ་...

中央人民广播电台纪念西藏民主改革50周年大型系列报道"雪域高原格桑花"启动仪式留影

月色下的布达拉宫一角

桑耶寺远景

群山环绕的大昭寺

美丽的雪山影像

路边延绵的雪山

羊卓雍湖波光

雅鲁藏布江边的红柳林

湖边的草甸

扎囊路上蓝天白云下的红树林

布达拉宫街景

拉萨街景

俯瞰拉萨

次仁拉姆家中的伟人头像

查龙电站截流

开山辟路

上甘巴拉的路

雍布拉康

湖边的民居

西藏僧侣

系经幡的朝圣者

洋溢的喜悦

满载而归

村民们欢庆民族节日

鱼水小学校长巴桑辅导同学们课外阅读

序　言

让我们倾听来自高原的花语

王　求

　　到过西藏的人，不会忘记那开遍雪域高原的格桑花，因为那是属于西藏的花，她盛开在海拔五千米以上的高原地带，不惧严寒，不怕酷暑，漫山遍野，红透雪原，被藏族人民视为幸福之花、吉祥之花。她像祖祖辈辈生长在青藏高原的藏族人民一样，用生命的怒放，装点着自己的家园。

　　2009年3月28日，是西藏平叛和民主改革五十周年纪念日，在拉萨、在林芝、在日喀则、在山南、在遥远的阿里，在初春的和煦阳光下，西藏人民用自己的方式，用醇美的青稞酒，用洁白的哈达，用高亢的歌声，用奔放的舞蹈，纪念着一个民族走向新生、走向世界、走向现代文明的五十年光辉历程。

　　2009年的初春，中央人民广播电台派出了二十多人的采访队伍，分别走进拉萨、走进山南、走进林芝、走进日喀则，走进城市、走进乡村，走进学校、走进军营，从几百万西藏群众中选择着自己的采访对象。

　　我们的记者把目光投向那些工作、生活在西藏的普通人，走进他们的生活，走进他们的记忆，走进他们的过去与现在，记录着一个个普通西藏人的真实生活：他是孤儿出生的西藏学者，他是青稞酒酿造世家的传人，他是一个正走向小康的藏族农民，他是一个日日与佛相伴的僧人，他是藏族自己的歌手，他是一个珞巴族的乡村干部，他是一个在西藏默默工作五十多年的老兵，他是一个驻守在高原的军人……

　　如同走进漫布高原的格桑花丛中，我们的记者被淳朴、善良、勇敢、坚强、多才多艺的藏族同胞的故事包围着，在纪念西藏民主改革五十年的特殊日子，我们从中精心挑选了五十个人、五十个故事，如同献上五十朵格桑花，奉献给读者、听众、网友。于是，这个春天，在中央人民广播电台的汉语、藏语节目中，在中国广播网的蓝色页面上，五十朵格桑花艳艳地走向世人，他们用自己的亲身经历，告诉了世界一个真实的西藏：

他们中的许多人从旧西藏走来，在旧西藏政教合一的封建农奴制度下，他们是生活在最低层的失去人身自由的农奴。官家、贵族和寺院上层僧侣等农奴主把他们当作自己的私有财产，随意买卖、转让、赠送、抵债和交换。是1959年3月28日的《中华人民共和国发布国务院令》，把他们从奴隶变成了西藏的主人，获得了人身自由和生存权、发展权，于是，他们成了学者、干部、医生、歌唱家、企业家，成了农牧民致富的带头人。

他们中的许多人是成长在阳光下的新一代西藏人，他们传承着藏族的传统文化，接受着现代的文明教育，有着现代的思维、世界的眼光。

他们中也有军人，有的把一生献给了西藏建设，有的把青春献给了高原哨所，有的用自己的医术，为藏族群众解除病痛。他们是藏族同胞幸福生活最忠诚的守卫者。

五十年时光匆匆而过，今天的西藏，随着中国走向现代化的步伐，经济快速发展，文化日益繁荣，社会祥和进步，人民安居乐业，社会主义现代化建设正呈现出前所未有的勃勃生机。

让我们倾听这五十朵格桑花的歌唱，让五十个格桑花的故事为你展示一个真实的西藏！

（作者为中央人民广播电台台长）

雪域高原格桑花

XUEYU GAOYUAN GESANGHUA

目录

雪域高原格桑花　第二部分

雪域高原格桑花

XUEYU
GAOYUAN GESANGHUA

第一部分

第一篇　尼玛次仁师傅的心愿

　　大昭寺是位于西藏拉萨市中心的一座藏传佛教寺院，在藏传佛教中拥有至高无上的地位。

　　这座始建于七世纪吐蕃王朝鼎盛时期的寺院，现在供奉的是文成公主从大唐长安带去的释迦牟尼 12 岁等身像，是藏传佛教各教派共尊的神圣寺院。藏族人民中有"先有大昭寺，后有拉萨城"之说。

　　一千多年来，大昭寺前终日香火缭绕。信徒们虔诚的叩拜在门前的青石地板上留下了等身长头的深深印痕。万盏酥油灯长明，记录着朝圣者永不止息的足迹，也留下了岁月的永恒。一千多年的历史，一千多年的香火，延续了一个流传了一千多年的故事。

大昭寺正门

我们在这座寺院采访时，遇到了一位用流利英语向游客讲述大昭寺历史的僧人叫尼玛次仁。他身披绛红色的袈裟，黄色稍黑的皮肤，瘦削精干的身板儿……已经43岁的尼玛次仁师傅在僧人中很受人尊重。他形象精练的语言、周密独到的见解加上情不自禁的手势，给他言简意赅的讲解增添了色彩。独具个性的讲解渗透着他对大昭寺、对藏传佛教的段段衷情，也让信教群众和五湖四海的宾客在他深邃和富含哲理的解说中了解到藏文化的博大精深。

尼玛次仁的老家林周县和拉萨市仅一山之隔。1985年，这位普通的农民子弟怀揣梦想来到拉萨大昭寺，成了一名虔诚的僧人。为了跟上改革开放的步伐，更好地服务游客，他还专门到外地补习了一年英语，国内来的讲汉语，国外来的讲英语，受到中外游客的好评。

1989年，尼玛次仁考入北京中国藏语系高级佛学院，获得了一生中最珍贵的学习机会。造诣高深的老师、安静的学习环境，念经、辩经、打坐、修行，一年的学习进修和与各地高僧的交流使尼玛次仁师傅在佛学理论上有了很大的提高。毕业后，他回到了大昭寺。

站在大昭寺的院子里，午后的阳光照在尼玛次仁绛红色的袈裟上。他那双神采飞扬的眼睛和讲解中抑扬顿挫的语调，吸引着朝圣者和游客们用心感悟大昭寺的发展变化历程。他介绍说，解放以后，大昭寺由国家拨专款进行的第一次大维修是在1991年到1994年间。2000年，大昭寺又被顺利列入世界文化遗产，成为全人类的文化遗产。后来随着大昭寺的保护完善，国家旅游局又将其列为国家4A级旅游景点。2009年又被列入"西藏十大古建筑保护工程"，国家还将投入更多的资金对大昭寺进行保护维修。

大昭寺的变化只不过是西藏寺庙变化的一个缩影。近二十年来，国家6亿多元的专款投资让西藏1700多座寺庙修缮一新、香火连连。"十一五"期间，国家即将投入的5.7亿投资，将使西藏的古老文物得以传承，同时也让宗教信徒们在心灵的乐园里自由地呼吸。尼玛次仁深有感触地说，有些人听到的不一定是真的东西，百闻不如一见。如果每个人都能亲自到拉萨来看看，情况是非常明了的。他的感觉是国家政府很重视西藏寺院保护工作，对大昭寺、布达拉宫和罗布林卡等很多文化遗产陆续进行投资维修。这对信教群众和宗教界人士来说都是非常自豪和高兴的事情。

　　几乎每一个到拉萨来的信徒、游客和对西藏文化感兴趣的专家学者都会到大昭寺来。尼玛次仁和大昭寺的一百多名僧人每天都在用真诚的微笑迎来送往。

　　尽管有着"中华全国青年联合会委员"、"拉萨市佛协副会长"等许多头衔，但是，尼玛次仁还是最愿意听别人称他为"师傅"。因为，他最大的心愿就是在保护和管理好大昭寺的同时，把西藏的宗教文化和先祖文明日复一日、年复一年地传扬下去……

　　尼玛次仁自豪地对我们说："因为祖先给我们留下这么好的遗产，我们自豪的同时，介绍给热爱和想了解这个文化的人，这也是功德。最后我们的目的是让社会和谐、世界和平。"他说，他的人生目标是努力成为一个传播文化的使者。

尼玛次仁师傅

　　我们离开大昭寺的时候，尼玛次仁和其他僧人合声祈祷和平的诵经声从身后传来，徘徊耳际，余音袅袅……

　　　　　　　　　　　　　　　　　　　（明慧）

第二篇　从孤儿到藏学专家

推开格桑益西在西藏社会科学院主楼一层最东边的办公室的门，一张摆满了各式各样藏文书籍和证书的大桌子，无声地述说着他工作的忙碌。主人告诉记者，这些书都是他们整理出版的九世纪、十世纪的书籍，价值很高，有很多是珍本、孤本。

格桑益西是西藏著名的藏学专家。在他身后的书架上，摆放着他多年潜心研究的成果：《中国民族文化大观——藏族卷》、《夏格巴的〈西藏政治史〉与西藏历史的本来面目》、《西藏通史·松石宝串》等等。文弱、清瘦的格桑益西把近三十年的心血都倾注到了对西藏文化历史、宗教典籍的整理、审定、翻译以及考古等过程中。在追溯西藏文化前世今生的同时，也滋养着他探索藏文化历史传承的自豪感和自信心。他编撰出版的这些历史书，讲的是汉藏历史，价值很高，不仅在国内相关研究机构的图书馆都有，像美国国会图书馆等国际知名图书馆也都藏有这些书。

61 岁的格桑益西出生于西藏堆龙德庆县一个世代为领主服差役的农奴家庭。他的父母去世很早，是靠奶奶养大的。几代祖辈人都要给庄园主租种土地、交租费、服劳役。奶奶去世后，他就成了孤儿。

1959 年，西藏民主改革的热潮使百万农奴翻身得解放。从此，格桑益西的人生基调也逐渐变得明快起来。九岁多时，他背起书包，走进了学堂。文化的光芒照亮了他前进的道路。格桑益西专门写过一篇《党给予我双羽丰满》的文章，饱蘸深情地记录下了他成长道路上无处不在的关爱。

1963 年，在拉萨中学读书的格桑益西是老师们重点关注的对象。他的班主任是天津支边来的房老师，在知道格桑益西的身世后，每个月都从自己微薄的工资里拿出几块钱，让他买一些学习和生活用品。

20世纪70年代，刚到中央民族学院上大学的格桑益西，由于不适应北京的低海拔环境，天天吃不下饭。汉语老师姚世珍教授焦急地拉着他到积水潭医院，陪着他做了两天的检查。他心怀感激地告诉记者："从小学到中学、大学，国家提供我所有的学习费用，我还得到了各个民族的老师、同学的各个方面的关爱，所以我幸福地成长起来。"

1981年，格桑益西在中央民族学院语文系修完古典藏文专业全部课程。获得文学硕士学位的格桑益西放弃了在北京工作的机会回到西藏，成为当时正在筹建中的西藏社会科学院唯一的一名拥有硕士学位的研究员，致力刚刚起步的藏学研究。不久，国际格萨尔研究大会在拉萨召开，这也是这座雪域古城首次筹办大型国际性藏学研究会议。当时的国际藏学研究领域"西强我弱"，研究院领导决定安排格桑益西在大会上做专题发言。他回忆说，当时他有点胆怯，因为刚毕业从来没有参加过大型会议，而且还要面对很多国际上知名的藏族学者。院长知道后对他说："你怕什么，这是我们的领域。"

"这是我们的领域"。从此，格桑益西记住了这句话。他执著地学习、钻研。二十多年过去了，他先后在《中国藏学》、《西藏研究》等学术刊物上发表了许多论文和译文，参与了《西藏通史》、《中国民族文化大观——藏族卷》等书籍的编写和翻译工作。2003年，格桑益西担任了西藏藏文古籍出版社的社长，系统地对西藏的历史典籍进行整理、出版，直到退休。

在和记者交谈过程中，格桑益西不时抽出这本书翻翻，打开那本书看看，轻拿轻放的那股认真劲儿，像是对待自己的孩子。他向我们介绍说，现在他们出的这些书都是面向广大读者开放的，不像过去那样禁锢在寺院和封建农

格桑益西给记者介绍藏文古籍出版社出版的图书

奴主家里。事实证明这不是在毁灭西藏文化，而是西藏民族文化在保护继承基础上得到发展。

从一个孤儿成长为藏学专家，格桑益西感慨良多。他说，现在是藏学研究发展最快、成果最多、学术思想最活跃的时期，而这一切，都得益于西藏日新月异的教育发展。现在广大农牧区的小孩都进行义务教育，国家实施"三包"政策，吃、住、学杂费全免，有知识的人越来越多，陆续培养出众多的博士、硕士生，这对西藏民族文化发展起到了很大的推动作用。

（雷恺　张克清）

第三篇　五十年　两代人　一世情

初见王亚蔺,是在他位于拉萨市城北的建设厅办公室里。还没走到门口,一个中等身材,皮肤略黑,面庞稍显消瘦的戴着眼镜的中年男子便热情地迎了出来。有力的握手、炯炯的眼神让人一下子对这个在西藏生活工作了近五十年,把青春奉献给雪域高原的四川汉子印象深刻。

49年前,一对进藏工作的汉族夫妇在西藏的亚东生下了一个活泼可爱的男孩儿。父母希望儿子不要忘了自己的祖籍——四川古蔺,就从两个地名里各取了一个字——亚蔺。长大后的王亚蔺以四川人特有的勤恳和吃苦耐劳的精神,在西藏一干就是几十年。谈起这些年的工作,他深有感触地说:"像我们在西藏成长起来的第二代人,对父辈都非常崇敬,都想把自己的事情干好。我们现在的工作条件、生活环境各方面都比老一辈好,我们没有理由不把西藏建设得更加美好。"

1951年,西藏和平解放。在进藏的官兵中就有王亚蔺的父亲,他们成为第一批进入西藏的建设者。

王亚蔺拿出当年父亲的照片给我们看。当年风华正茂的青年,在西藏工作了三十多年,退休后回四川老家颐养天年了。回想起童年的生活,王亚蔺用"特别艰苦"来形容:那时候的西藏蔬菜和肉类都很紧缺,吃的都是干菜,如果搞点肉,都是放了又放才舍得吃;穿的也

王亚蔺的父亲

很简朴，通常是用帆布做裤子穿；家里没有床，父亲就用铁皮箱子搭了个床，睡上去哗啦哗啦的响。一家人全靠父亲微薄的工资生活。

王亚蔺回忆，他直到 12 岁才吃到第一个橘子，当时还是别人从内地带来送给他的。那是他第一次见到橘子，吃起来甜美多汁，那味道至今难忘。就是在那样艰苦的条件下，王亚蔺记忆中的父亲仍然忘我地工作，没有丝毫怨言。记忆中，父亲工作的四十多年里只休过两次假。当时进藏的干部基本上都有这样一种奉献和牺牲精神。他们不求任何回报，一心只为国家统一、民族团结和西藏的发展，付出了青春年华和毕生精力。

在王亚蔺的记忆中，父亲一直是忙碌的，经常出差。那时候西藏根本没有像样的路。父亲每次下乡都要骑马，马背上一骑就是一整天。有的时候到偏远的乡村，还要在外面过夜，辗转几天才能到达目的地。

父辈靠一双脚、一匹马踏遍了西藏的山山水水。如今，新一代的建设者用汽车轮子追逐着时代的脚步。

王亚蔺向记者展示父亲留下的纪念

王亚蔺曾经在日喀则工作过很多年。他说，当年从日喀则去拉萨开一次会往返就要四五天，现在高速公路通了，往返只要几个小时。已经是西藏建设厅党组书记的王亚蔺，早起去日喀则办个事情，傍晚就可以回到拉萨。他和住在拉萨的很多人都会有空回日喀则看看，探望一下老朋友，方便极了。谈起道路建设，王亚蔺滔滔不绝：中央召开了几次西藏座谈会之后，增加了对西藏基础设施建设的投入；再加上全国兄弟城市的对口支援，西藏城市市政道路、公共设施等各个方面都在迅猛发展。过去尘土飞扬的土路，现在变成了柏油路、水泥路。道路也越修越宽，功能越来越齐全，整个基础设施建设发展速度相当快！本地干部到内地交流一两年后，再回到拉萨甚至就不认识路了。

在王亚蔺家里，珍藏着一件父亲传给自己的礼物——一个装满了军功章、荣誉证和老照片的小纸盒。王亚蔺用红色的绸缎精心地包裹着。每当自己工作压力大，吃不消时，他总要看看这些父亲留下来的纪念，一阵鼓舞便会涌上心头。如今，王亚蔺的儿子也成了驻藏武警部队官兵中的一员，成为王家又一代在西藏的建设者。王亚蔺说，他要把和平解放西藏纪念章、川藏公路修通纪念章等这些父亲留下来的"宝贝"再传给儿子，告诉他：先辈们背着背包一步一步走进西藏，为的就是把西藏建设好，他们有责任完成先辈们未完成的事业，把西藏建设得更加富饶、美丽！

（肖志涛　毛更伟）

第四篇　雪域百灵的如歌人生

1959 年，22 岁的才旦卓玛为电影《今日西藏》录制了主题歌《翻身农奴把歌唱》。半个世纪过去了，才旦卓玛依然清晰地记得当年唱这首歌时的情景：电影画面上翻身得解放的昔日农奴把地契、永远还不清的借据拿出来一张张烧成灰烬。她也从心底里唱出了最能表达自己感情的歌。舞台上的她，就像她名字的含义一样——来自遥远天边的神圣仙女。她独特的嗓音、饱蘸激情的歌声演绎着来自雪域高原的天籁之音。

身为西藏自治区政协副主席的才旦卓玛，办公的地方就在布达拉宫的后面。高原的阳光从窗口尽情地泼洒进来，暖洋洋的，就像一首流淌在她心底里的歌。

14 岁前的才旦卓玛生活在旧西藏的社会底层。父亲曾是位做首饰的银匠。她们家是农民，包括土地在内的一切生产资料都是农奴主的，生活非常艰辛。才旦卓玛从小就放羊、放牛，面对无望的生活，唯一的抱怨就是觉得自己命不好。

西藏和平解放的号角，把生来就喜欢唱歌的才旦卓玛内心的愿望悄然吹醒。她深情地回忆说，当时她们家和进藏的一个文工团住得很近，文工团的团员们每天早上到公园里练声时从她家门口路过，驻地也经常充满欢声笑语，时常听到、看到他们在唱歌、跳舞，感觉非常幸福。才旦卓玛做梦也想着如果有一天，自己能有这样的机会该多好啊！

一双渴望的眼睛，一个对歌唱充满向往的藏族少女，一个时常顾盼在文工团驻地的小小的身影，引起了文工团负责人的注意。征得才旦卓玛父母的同意后，她被邀请到文工团学习演唱，才旦卓玛一步跨进了梦中的音乐殿堂。

1956 年，才旦卓玛正式成为日喀则文工团里的一员。两年后，她又被送到陕西咸阳的西藏公学，开始读书识字。上海音乐学院来学校招收民族班学员，只会演唱西藏民歌的才旦卓玛又顺利地通过了考试。

提起上海音乐学院声乐系的学习经历，年逾古稀的才旦卓玛眼睛里依旧流露着孩子般的眷恋，那是她如歌人生中的温暖摇篮。为了教会连简谱都不识的才旦卓玛，老师们竟先当起了学生，向她学习藏语。她兴致勃勃地向我们说起了当时的情景："老师钢琴'当'的一声，让我唱，我就唱不准，语言也不通。老师就跟我们学习藏语，比如'碗'叫什么，我说叫'gai'；'太阳'叫什么，叫'nima'；'月亮'叫'dao'，还有'你好'之类的。再上课的时候，就让我们唱'nima xiajiao'，就是《太阳出来了》这首歌，我们就演唱。因为不太会用汉语唱，老师就这样教我们歌曲里的片段，一点点、一片片慢慢就这样顺下来了。"

1963 年，《唱支山歌给党听》被谱曲推出后，并不是原唱的才旦卓玛用饱含深情的演绎，赋予这首歌更深的内涵，一支山歌迅速传遍大江南北。她激动地说，这首歌把她心里想对党说的话都在歌

才旦卓玛（中）接受记者采访

词里说出来了。她有时候唱着唱着就会掉眼泪。如果共产党没来，就没有她的今天。

随着《共产党来了苦变甜》、《北京的金山上》等歌曲的传唱和在大型革命史诗《东方红》中的精彩演出，才旦卓玛成了中国最著名的歌唱演员。

1965 年，才旦卓玛放弃了留在北京、上海发展的机会，回到了魂牵梦萦

的故乡。四十多年过去了，今天，她仍在高原上歌唱着人民，歌唱着家乡。这一切，不仅仅因为她的雪域高原在召唤，更因为敬爱的周恩来总理的一声声嘱咐：你是藏族歌唱演员，你离开家乡时间长了，对你演唱的风格有影响。最重要的是，像你这样西藏各行各业的干部很需要，你们回去好好做工作，好好为西藏人民服务。

是啊，"高原春光无限好，叫我怎能不歌唱！"

（刘华栋　毛更伟）

第五篇 "世界屋脊"养路工

采访车沿着雅鲁藏布江宽阔平坦的河谷行驶在 7 米宽的双车道柏油路上，绚丽多姿的红柳在车窗外不断闪过。在山南扎囊县城的环型公路路口，我们见到了正在阳光下清理路面的索朗卓嘎。皮肤被高原烈日晒得黝黑发亮，双手因常年累月拿锹推车而布满老茧，脚上是一双黑里透红的运动鞋。

跟索朗卓嘎的交谈很自然的从脚下的道路开始。当我们告诉她，这46公里的路途只用了半小时的时候，她拍拍厚棉袄上的灰尘说，这段路过去走，起码要一天，现在是想都不敢想：当时农牧民出行靠骑马和牦牛，走的是骡马小道，一些老年人甚至连车子的声音都没有听到过。

49 岁的索朗卓嘎是养路工人的后代，15 岁就接过父辈手中的铁锹，成为高原上的女养路工。她的讲述把我们带到那不寻常的岁月。

索朗卓嘎

1951 年前，山南地区没有一寸正规公路。攀岩附石，悬崖峭壁，公路的定义就是飞沙加石头，人背畜驮、人仰马翻是家常便饭。每年都有不少人在路上丢了性命。

当地人常用"天上乌鸦叫，死驼当路标"来形容当年修筑拉萨至泽当简易公路的情景。索朗卓嘎的父亲就亲身经历了这样的日子。1955 年，经过藏汉两族人民艰苦卓绝的努力，全长192 公里的拉萨至泽当简易公路贯通，山南公路从此实现了零的突破。索朗卓嘎说，1975 年参加工作时，沙土路是主流，铁锹、十字镐和手推车是养护公路的"三大法宝"。路难走，也难修，更难养。她回忆起当年的艰难岁月："我们小的时候，都是父母背着我们去修路。附近又没有学校，像我这个年龄的小孩，那个时候大部分可以说是文盲。我们当时参加工作的时候，修路就是用铁锹挖土，用十字镐刨土，用手推车运料。三个道班一辆马车，那是我们唯一的交通工具。"

1982 年冬天发生了一次大面积雪崩，大雪把本来就破烂不堪的简易公路盖得严严实实。这让索朗卓嘎吃尽了苦头：她和工友们凌晨 3 点冒着零下 8℃的严寒，拿着铁锹和十字镐，翻山越岭三个多小时，在雪地里一干就是 7 天，戴的口罩冻成了冰块，盘着的头发变成了冰团。

在平均海拔 4000 多米以上的地方，常常是"一天有四季，十里不同天"，养护公路、保障畅通并不是一件容易的事。

索朗卓嘎自豪地说，1978 年，国家投资 2 亿多元，新建和改建了贡嘎到泽当等地的公路。近 7 年来，国家又投资 20 多亿元，提高公路等级，现在 12 个县有 9 个通了柏油路，所有乡镇都通了公路。

公路等级提高了，养路工也由体力活升级为技术活了。索朗卓嘎所在的

新建的公路

扎囊养护段，国家每年要投入 1000 多万元，仅机械就有 40 多台，用的推土机一台就 20 多万元。索朗卓嘎说，以前早上出去的时候穿得干干净净，晚上回来时就全是灰尘，现在好了，工作时用的工具和环境变了，再也不用"吃"灰尘了。

索朗卓嘎的话中，透露出对父辈们艰辛生活的感慨，也透露出对眼下生活的满足。说这话时，一辆辆货车正从平整的柏油路上呼啸而过。索朗卓嘎忘情地给我们唱起了养路工自己创作的歌曲《养路工之歌》。她那淳厚的歌声，在广阔的高原上，随着春风，飘出去好远、好远……

（张毛清　蒋琦　陈俊）

第六篇　强巴"酿"出新生活

青稞酒是西藏特产。刚踏进日喀则江洛康萨街上的酿酒世家强巴丹达家里，一家人便用当地最有名的酒歌欢迎我们。歌词中唱道："江洛康萨是孩子的出生地，在这里可以喝到最甜美的青稞酒；把最好的美酒拿上来吧，慢慢地喝，喝到尽兴！"

在民风淳朴的青藏高原，每逢客人来访，献上一碗香甜的青稞酒是最重要的礼数。客人喝得越多越尽兴，主人也就越高兴。到了酿酒世家做客怎能只有酒歌没有美酒呢？我们刚坐下，女主人宗吉就端上了他们家自酿的原汁原味的"江洛康萨"青稞酒。

散发着浓浓麦香味的青稞酒有着悠久的历史。江洛康萨正是当年农奴主们私家酿酒作坊的所在地。今年 60 岁的强巴丹达回忆说，1959 年的民主改革，周围那些过去拼死拼活世代酿酒上贡的邻居们，一下成了想干什么就能干什么的自由身，手里也慢慢有了口粮之外的富裕青稞，小巷就慢慢成了日喀则的美酒集散地。强巴记忆中，自己很小的时候，母亲就开始酿酒了，到文化大革命期间的好长一段时间，家里不再做酒。三中全会开了以后，强巴家的酒就慢慢又做起来了。做酒的方法是强巴花了好长时间才从母亲那里学来的。

随着改革开放的春风，日喀则的乡亲们又闻到了江洛康萨小巷飘出的美酒芳香。作为西藏历史特产的代表，青稞酒也越来越受市场欢迎。强巴家的小作坊慢慢变成了年产值超过一百万元的酿酒公司，日喀则、拉萨乃至遥远的印度小城都有他家的"江洛康萨"销售。

从最初 1992 年"初试牛刀"时从自家小窗口里售出的 10 瓶、20 瓶，到现在一个大的定单就卖1000箱酒，今年60岁的强巴丹达说，强巴家世代和青稞酒结缘，如今到了自己这一代靠着酿酒致富了，他打心眼里对改革开放充满了感情。去年是改革开放30周年，强巴在家里最重要的位置挂起了邓小平像。他情不自禁地说："改革开放了，我们都抬起头来了，手和脚都腾出来了，能自己做产业了，自己幸福生活的同时，还对社会做点贡献，吸纳别人就业。所以我们都很感谢邓小平！"

强巴感谢国家和当地政府，感谢党的好政策。富裕起来的强巴也没有忘了身边的乡邻。现在强巴的酒厂招收了25名员工就业，酒厂使用的青稞和荞麦等农作物，还带动了周围农业发展。酿酒厂效益好，强巴的孩子也争气。儿子格桑次旺学医，去年大学毕业志愿去了珠峰脚下做了一名藏医。小女儿丹

幸福的强巴一家

增在大学学习旅游规划，现在虽然还没有毕业，但她已经决定要回日喀则创业。这里的山美、水美，她学的专业正好派上用场。

强巴支持孩子们的决定。我们临走前，强巴悄悄地告诉我们，酒厂的事业他想传给自己收养的干儿子。在老人眼里，家传的酿酒事业没有内外之分，自己经历过旧时代，如今赶上了好时候，而孩子们就生活在好时代里，就让他们按照自己的理想去放手干吧！

（毛更伟　刘华栋）

第七篇 农民边巴的"十年规划"

沿着拉萨到日喀则的公路向西行走三个半小时，就是藏胞边巴次仁在日喀则甲措雄乡比达村的养鸡场。如果不是内地难得一见的藏鸡，边巴家现代化的养鸡场和内地看起来并没有什么差别。用当地老乡的话说，边巴是个"有头脑"的农民，意识总是超前，靠着养殖专业合作社的技术和市场合作，他的鸡场不到三年就达到了万只规模。日喀则的许多老百姓都吃过他家出产的肉食。

在边巴次仁家的养鸡场，记者看到能容纳上万只鸡的鸡舍里，现在却只剩下五百多只鸡了，看来边巴的心思已经不在这个养殖基地上。能让边巴舍下这一年几万块钱收入的肯定是更大的买卖。果然，我们在边巴本人那里得到了验证。

唐嘎建筑队是边巴次仁新拉起的建筑队。被他像宝贝一样展示给记者看的，就是刚刚审批下来的工商营业执照。"注册资金：六十万"的字样在淡黄底色的执照上闪闪发亮，显示出比达村这个刚40岁农民不容小觑的经济实力。

边巴喜欢看报纸、上网，普通话说得也不错。谈起自己的事业发展，他那在高原地区晒得黝黑的脸上露出了一丝红润，语气里充满了自豪。他说，2006年的时候，他家只有一个鸡舍，到2007年，养鸡规模扩大了一些。2008年，边巴次仁养的一万多只鸡净赚了两万八千多元。

日喀则是西藏仅次于拉萨的第二大城市，古老的年楚河孕育出的"西藏粮仓"商品粮产量占到了全西藏的60%。世代务农的边巴一家都是种粮好手。1999年，看到几十年交通大发展给千百年饱受交通不便之苦的日喀则带来越来越多的发展机会，小有积蓄的边巴次仁心头一亮，申请贷款搞起了运输。由种地到跑车，边巴找到了致富快车道。可不期而遇的一场车祸，使边巴的车辆不但报废了，还一下子亏掉了四万多元。边巴的生活又陷入了贫困。

机遇在三年后再次来临。2002 年，针对日喀则传统农牧产业特点，由内地兄弟省份提出的扶贫项目摆到了边巴眼前。懂技术又勤快的他在内地援藏技术员的帮助下，很快获得了日喀则牧业局的养猪项目。2003 年，得心应手的边巴又得到了效益更高的养牛项目。到 2005 年，边巴生产的畜产品在逐渐富裕起来的日喀则已经是供不应求。可是，边巴似乎并不满足。他说，现在他家还不是村里最富裕的，有些农户有三辆东风翻斗车，有的买了装载机，还有些农户的资产差不多都有 150 多万了。他"嘿嘿"笑着对记者说，自己和他们比起来还差得远呢。

从 30 岁成家立业到 40 岁事业小有成就，边巴次仁说，自己十年奋斗经历了很多，也就更看重机遇。又一个十年要开始了，这位有着新思维的藏族农民说自己已经规划好了项目。第一是建筑队。如今日喀则到拉萨路程由 1 天缩到了 4小时，拉萨到北京也通了火车，援藏项目更是一个接一个，自己的建

边巴（左）接受记者采访

筑队肯定又赶上了好时候。第二是养殖。越来越富裕的乡里乡亲就是潜在的市场，这个产业肯定也不能丢。第三产业则是自己正在琢磨的当地传统农业。2008 年自己在团委组织下到黑龙江农村进行了一次考察，当地机械化大生产让自己又开了一个窍。回来后，他总跟村民们反复唠叨：现在要政策有政策，要技术有技术，这肯定又是一个好项目。村民们听了以后都说，三十年后他们应该也能达到那种水平！边巴却坚信：现在党中央给农牧民补助那么多钱，十年后应该就能彻底实现机械化大生产了！

（毛更伟　朱琳）

第八篇 "门巴将军"李素芝

"门巴"是藏语"医生"的意思。因高超的医疗技术和周到热情的服务，西藏军区副司令员兼西藏军区总医院院长李素芝被藏族同胞亲切地称为"门巴将军"。

打开全国道德模范李素芝的人生履历表，33个春夏秋冬承载着他的青春和梦想：1976年，22岁的李素芝以全优成绩毕业于上海第二军医大学，留校附属医院任外科医生；当年12月，他志愿申请进藏，成为山南边防一团的一名军医；他经常带着卫生员到偏僻的村庄进行巡诊，给老百姓看病；这不是单纯只是看病，更重要的是增强军民之间、民族之间的关系。至今，李素芝每周还要亲手做五六台临床手术，许多慕名而来的藏族同胞还经常蹲在他的办公室门口求诊问药……

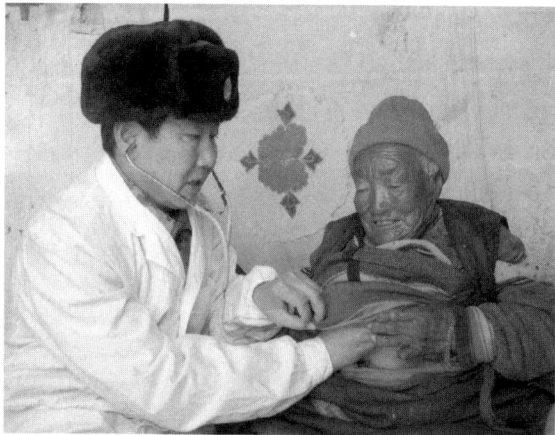

李素芝为西藏百岁老人巡诊

在山南工作的两年多时间虽然并不算长，但是李素芝用真情实感写下的为藏族同胞解除病痛的故事，却像雪域高原边防线上连绵的群山一样，是那么的悠长、深情、感人。

在离驻地卫生队近十公里的村子里，住着一位叫达真的孤寡老阿妈，患有严重的类风湿病瘫痪了多年。每个礼拜，李素芝都会和卫生员一起来到这位阿妈家，为她看病治疗、打扫卫生。在李素芝的精心治疗下，老人竟然奇迹般能够站起来走路、干活了。后来，李素芝要调到军区总医院工作了，临行前去向达真老人道别。不知从哪里听到消息的达真老阿妈站在风雪地里，在他常来的路边，张望着等了他很久。冻得发抖的阿妈怀里揣着一条颜色已变得发黑的哈达，手里还拿着一个自己舍不得吃的已经变蔫了的苹果。李素芝过去以后，老人"扑通"一声跪在地下，抱着他哭了，说："恩人啊！不，阿妈的好孩子，阿妈舍不得你走啊！"

拿着这个饱含藏族阿妈全部感激之情的苹果，李素芝眼睛湿润了。面对这样一位勤劳善良的藏族阿妈，李素芝暗下承诺：只要祖国需要，藏族同胞需要，我一定要在这里扎根、开花，全心全意为藏族同胞服务好。他说，为老百姓巡诊，给他们治病，治好了的，他们一辈子都记着。只要他走到那，"李素芝、李素芝……"老百姓猛喊他的名字，"谢谢你了，谢谢你了！"的感激话语不绝于耳。他们每次巡诊到农村、牧区，藏族老百姓都把最好的东西拿给他们吃，把最好的东西拿给他们用，把最好的歌献给他们。

凡是到过西藏的人，大部分都要经过高原反应的"洗礼"。高原心脏病是一个困扰世界医学的难题！李素芝凭着多年积累的深厚业务根底，带上几名年轻医生向这个"高原恶魔"发起了一轮又一轮的挑战。缺少仪器设备，没有科研经费，他们就因陋就简，拿自己的工资顶上。为了准确、详细地观察实验动物的临床反应，李素芝干脆住进试验室，连饭都由妻子送。由他组织科研人员陆续研制出的高红颗粒、红景天虫草露、花虫胶囊等一系列防治高原病的药品，为驻藏官兵和群众筑起了一道生命的防线。驻藏部队已连续多年没有一名官兵因高原病造成非战斗减员。李素芝介绍说，过去高原病死亡率相当高，达到50%到60%，经过他们医院多年的努力，现在已经降到2%到3%。高原病难题的攻克，大大提高了部队的战斗力，保证了西藏各族人民的身体健康，也促进了西藏旅游事业的发展。

33年来，李素芝就象盛开在雪域高原上的格桑花，默默地践行着自己的人生诺言。1982年到现在，他主持并亲自参与的科研项目有17项达到国际医学领域先进水平，32项属国内首创，80项填补了西藏医学空白，创造了高原医学奇迹；无影灯下，他挽救了数以万计的边防官兵和藏族同胞的生命，赢得了"雪域神医"的美誉。

采访结束时，李素芝告诉我们：今年已经 26 岁的女儿大学毕业后，也自愿来到了西藏，继承父业，做一名医务工作者，为藏族同胞服务一辈子。

（王亮）

第九篇　从历史中找寻未来

　　2 月 11 日，藏历十二月十九，西藏山南地区扎囊县嘎孜村老老少少身着盛装正在举行祭神仪式。曾经在山南民族文化遗产抢救办公室工作了 23 年的巴桑副主任也早早来到村里，为嘎孜村祭神仪式上报非物质文化遗产收集素材。

　　穿梭在人群里的巴桑，一会儿单腿跪下摄像，一会儿又身子后仰拍照，身手矫健得像只羚羊。再瞧那身打扮：一副墨镜，一件马甲，兜里全是本子和笔，再加上身上背着的照相机和摄像机。要不是阳光下泛着银光的斑白的两鬓，人们很难相信他是一位一年前就已经退休的老人。

　　在祭神仪式上，身穿藏族服饰的男女老少有节奏地跳起舞蹈。我们凑过去问巴桑他们跳的是什么舞？巴桑告诉我们，那叫谐庆舞，当地藏族婚礼、祭典仪式开场就跳这个舞。衣服上戴小旗子的，是松赞干布时代武士的服装。巴桑告诉我们，他和这类舞蹈打了二十多年的交道，一般都难不住他。

　　说着，巴桑情不自禁地跺着脚也跳了起来。

　　巴桑的脚下是空旷的雅鲁藏布江河谷高地，江水在脚边静静流淌，天空一碧如洗，风从山地吹下，和着清脆的鼓点，仿佛在为巴桑伴奏。

　　农奴出身的巴桑虽然

巴桑教外孙跳民族舞蹈

自幼喜爱歌舞，但是舞台离他却是那么遥远。1966 年，巴桑终于实现了自己的人生梦想，进入公社业余文艺宣传队，成为一名歌舞演员。从跟别人学着表演，到尝试着自编自演，洒满阳光的新生活让巴桑按捺不住创作的激情，开始自己创编歌舞《破除天谜引水来》。提起当年的故事，巴桑禁不住手舞足蹈地回忆起来："那时农业学大寨后，农田基本建设开展力度大，我们专门编排了这个节目，把劳动的过程用舞蹈的形式表现出来。意思就是自己的家乡自己来建设，自己的家乡自己来改变。这个节目在山南地区和拉萨表演以后还得了奖。"

1985 年，山南地区成立民族文化遗产抢救办公室，巴桑离开了心爱的舞台，被调去专门从事搜集整理藏族民间文化遗产的工作。从历史的碎片中挖掘闪光的文化遗产是件十分辛苦的工作，可巴桑却更多地感觉到了责任：要把山南地区的藏族传统民间文化保护起来，先挖掘好，收集好，以后传承下去。先辈传下来的好文化，中途如果没有人承接的话，以后给子孙后代无法交代。

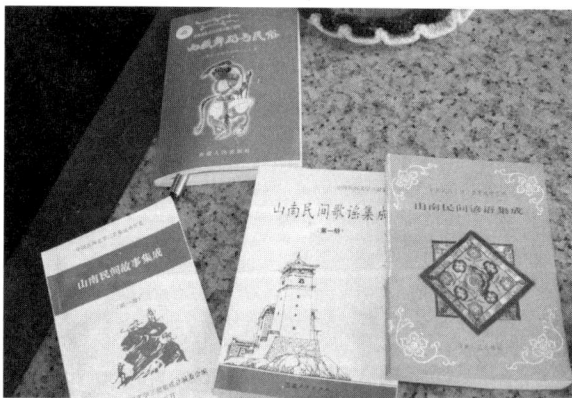

巴桑和同事们收集整理的部分民间文化书

巴桑和同事踏遍了山南地区十二个县的山山水水，参与国家重点科研项目"十大文艺集成"西藏卷的搜集整理工作，挖掘抢救出大量的藏族民间歌舞，仅上报成为国家级非物质文化遗产保护项目的就有12 个。最让巴桑欣慰的是沉睡多年的歌舞"门巴阿吉拉姆"和藏戏之母"琼结宾顿"，又在山南地区组成了演出队伍，活跃在民间舞台上。

多年的民族民间歌舞搜集整理工作，给能歌善舞的巴桑提供了更广阔的舞台。在第六届全国少数民族传统体育运动会开幕式上，巴桑主编了大型歌舞《卓》舞表演；庆祝西藏和平解放五十年大庆，巴桑编导了《山南服饰表演》；2007年，青藏铁路通车，巴桑又带着两百多藏族群众到拉萨火车站表演了精彩的节目。

多年来，巴桑带着自己编排的歌舞到过拉萨、北京、成都、南宁等地演出，还编排过出国演出的节目。这些歌舞节目从不同的角度体现了西藏和山南地区的灿烂历史文化和浓郁的民族风情。巴桑自豪地说，那都是宣传西藏的文化"天使"。

在巴桑家最醒目的地方挂着一块金色奖章，那是国家授予的非物质文化遗产传承人的奖章。已经退休了的巴桑一天到晚奔波在山南的山水之间，那是歌舞声中巴桑仙境般的人生舞台。而他心里的舞台，也在高原的蓝天下延伸……

（蒋琦）

第十篇　幸福像花儿开放

　　62 岁的索朗卓玛是西藏山南地区的一位普通藏族阿妈。认识卓玛阿妈，是因为我们骑上了她女婿边巴的马去参观。

　　陡峭的扎西次仁山脚下，就是卓玛阿妈家所在的门中岗村。山顶上，矗立着由高地农业文明发展壮大的吐蕃王朝留下的西藏历史上第一座宫殿——雍布拉康。这座有着两千多年历史的碉楼式建筑，在藏族人民心中有着崇高的地位。在雍布拉康脚下，雅鲁藏布江的支流雅砻河蜿蜒流去，灌溉出全西藏最富庶的土地——山南地区。这里气候温和、沃野千里，素有西藏"小江南"之称。因此，这里也吸引了来自世界各地的众多游客。

肥沃的雅砻河谷地里的西藏第一块农田

每天，从山脚到山顶蜿蜒的山路上，黝黑腼腆、头戴藏式礼帽的藏族汉子边巴都牵着他的枣红马，招呼着游客上山参观。清脆的马铃声和着山风在铺满碎石的山道上回响，消除了游客旅途中的烦躁和疲劳。在和边巴的闲谈中我们得知，从1997年开始，这个地方的旅游就开始兴起，他家瞅准机会，花六千多元买了两匹这样的马专门供游客上山骑。现在，边巴一年仅这一项就收入三四千元。

跟随边巴的脚步，我们来到他的家——一栋两层的藏式小楼。边巴告诉我们，村里104户人家，家家都建了藏式小楼，县里为每家补贴一万元。

坐在边巴家二楼的客厅里，我们正议论着客厅里摆设的两台电视机和一台一人多高的大冰箱时，门帘一掀，一位老阿妈满脸微笑地端着篮子走了进来，请我们尝尝她做的油炸食品。

她就是边巴的岳母索朗卓玛。老阿妈穿了一身朴素的藏衣，堆满皱纹的笑脸就像盛开的葵花儿，耳边佩戴着两只镶着深红色玉坠的耳环告诉我们，这是一个幸福殷实的家庭。

阿妈不懂汉语，但十分健谈。她说家里祖祖辈辈都住在门中岗村。1959年和1978年，是她记忆中最难忘的两个年头。1959年，卓玛12岁，已经是农奴主家没有人身自由的小奴隶了，整天跟着父母替庄园主干活。夏天刚刚收割完粮食，自己家却没有

慈祥的卓玛阿妈

吃的，全家人只好挤点酥油，然后跟糌粑和着吃。有时候，他们只能采点桑叶，跟酥油一起吃。好一点的，去向庄园主求情，换点糌粑、面，要不然吃不饱。民主改革让卓玛一家翻身做了主人，成了新西藏的自由公民。1978年的改革开放，让当年32岁的卓玛分到了属于自己的20亩地。勤劳的卓玛把满腔的热情都扑到了自己的土地上，为这个家辛勤的耕作。

卓玛有四个女儿。女儿大了，心气儿正旺的阿妈提出了自己的选婿标准：一是人品好，二是手上要有技术。

大女儿次仁央姬挑中了有一手织布手艺的昌珠青年边巴。1988 年，边巴坐着拖拉机来到了卓玛家。现在，卓玛阿妈和大女儿住在一起，女婿边巴成了 20 亩土地上的主要劳力。

卓玛阿妈没有选错人。边巴的勤奋让家人的日子一天天殷实起来。几年下来，家里的农业生产全部实现了机械化，用的是手扶拖拉机、扬轧机、播种机等。

20 世纪 90 年代中期，雍布拉康成了旅游热点。门中岗村十三户人家买了四十多匹马，开始为游客出租马匹。在阿妈的支持下，边巴也买了枣红马，搞起了旅游服务，家里的日子越过越红火。

卓玛阿妈扳着指头给我们说，那时小小的梦想实际就是一种奢望。如今，梦想已经变成现实，甚至比梦想更美好。我们问老人，看到外地游客来欣赏她家乡的风景，自己想不想出去也看看外地的风景呢？老人笑着说自己晕车，上车就会吐，不过大女婿他们老是到外地去转转看看。

"老阿妈如果不晕车的话，想不想坐飞机到北京去？"

"我做梦都想去北京呢！"说完，卓玛老阿妈又是一阵快活的哈哈大笑。

在谈笑中，我们结束了这次愉快的采访。

（蒋琦　丁晓兵）

第十一篇　一个老兵的59年西藏情

对于进军西藏的原十八军老战士来说，《歌唱二郎山》是记忆中永远抹不去的旋律。

在西藏林芝地区八一镇一幢普通居民楼里，我们见到了78岁高龄的王彩友。老人正在逗弄着刚刚学步的孙女，沉静而慈祥，无异于任何一个含饴弄孙的普通老人。只是透过那黝黑的脸庞，青紫的嘴唇，我们仿佛看到了那一代人为解放西藏，建设西藏所经历的激情燃烧的岁月。

20世纪50年代初，18岁的王彩友唱着《歌唱二郎山》，随十八军先遣支队进军西藏。他至今还清楚地记得，一出雅安，满眼都是高山峡谷、冰川雪峰，脚下根本就没有道儿。部队只有一边行军，一边修路。

到了昌都，由于后方供给困难，部队断了粮。贫苦的老百姓手里没有粮，有粮的富人又不肯卖粮给他们。部队每人一天只发二两粮，其他就靠野菜充饥。

1951年5月23日，中央政府和西藏地方政府签订《关于和平解放西藏办法的协议》。王彩友所在部队一路进军山南、日喀则、拉萨，最终来到了林芝。当时的林芝地区满目疮痍，藏族同胞生活在水深火热之中。

1959年，王彩友从部队转业，参加林芝地区民主改革。他回忆

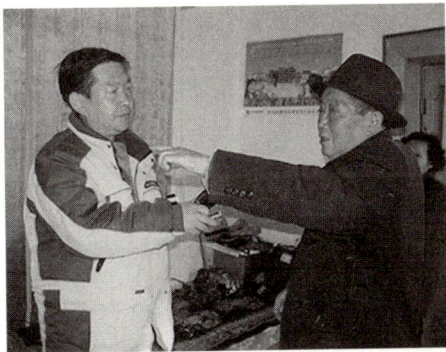

王彩友（右）接受记者采访

说，当时西藏大部分地区一亩地只能打百十来斤粮食，工作组下去以后，广大农牧民非常欢迎，他们积极要求进行民主改革。越来越多的人参加到民主改革的热潮中，和封建农奴制度做斗争，搞诉苦大会、烧地契、烧卖身契，一派火热的革命场景。

获得了人身自由的翻身农奴焕发出前所未有的劳动热情，一步步走出了贫困。以汉族干部身份参与了西藏民主改革后五十年建设，王彩友见证着西藏的每一点进步，每一个变化。说起西藏的变化，老人打开了"话匣子"："过去藏族同胞守着土地，一天到晚挖土。你让他做生意，他害羞——过去千百年来没有这个习惯。现在，群众做生意的也多了，你到市场上看看，藏族开店的、种菜的，做啥买卖的都有。现在生活发展得快，群众收入也多，生活水平比过去要强上很多倍。农村盖新房的，买家电的，比较富裕的还有买小车的，生活确实有很大提高。"

西藏林芝地区八一镇

近年来，在广东、福建两省的对口支援下，一座现代化的林芝新城崛起在青山绿水间。漫步林芝街头，一幢幢由白色石头垒成的二层藏式小楼别致而华丽。红色、蓝色、金色、雪青……各色坡形屋顶在蓝天下绚丽夺目。

临告别时，王彩友老人情不自禁地为我们唱起了萦绕在他心头多年的歌——《歌唱二郎山》……

（才让多杰　郑颖　雷恺）

第十二篇　幸福的歌声传四方

在西藏山南地区，一提起多布杰，藏族同胞几乎无人不知、无人不晓。土生土长的多布杰去年刚刚从山南艺术团退休，在家乡乃东县雅鲁藏布江的南岸盖起了一座藏式新居。还没进门，多布杰底气十足的"欢迎！欢迎客人来我们家作客"的洪亮嗓音就传进了我们的耳畔。

带着传统藏式毡帽的多布杰满面红光，笑声爽朗，结实的身体，让人很难相信他是一位64岁的老人。在交谈中，应我们的请求，多布杰爽快地唱起了44年前他刚刚加入地区文工团时唱的第一支歌，歌声依然是那么深情："西藏好，西藏好，西藏是我们的故乡。西藏出了个红太阳，我们的幸福就是从这里得来的……"

多布杰说，这首改编的《西藏好》民歌唱出了他的心声：如果不是西藏民主改革，自己的命运根本由不得自己主宰。

说起父母的命运，笑声朗朗的多布杰眼神忽然黯淡下来：旧社会，多布杰的父母就住在这里，后面寺庙是父母当农奴的地方。父母服劳役的时候，多布杰就去捡柴、烧水、干杂活。如果干活不麻利，父母会被打骂。西藏农奴祖祖辈辈都是这样在万般苦难中煎熬着活下来的。

1959年，西藏实施民主改革。与千百万农奴一样，多布杰的命运发生了巨大转折。

酷爱唱歌的多布杰先是加入了乃东公社业余宣传队，1965年，20岁的多布杰又被选进山南地区文工团，成为这个专业艺术团的第一批专业演员。

这个艺术团是山南地区，也是西藏最早建立的一个专业艺术团。多布杰到现在还记得艺术团刚开始的那些年，条件是如何的艰苦。他说，哪有什么

服装、道具？化妆就是用炭灰描描眉，用红印泥画画脸。从 1965 年到 1973
年的 8 年时间里，演员们都是一专多能，自力更生：演出的时候，我上台，
你下来拉二胡、吹笛子。走的时候，自己的行李自己背，自己带粮食，自己
捡柴火、烧水烧饭。演出地点由群众说了算，牛圈、羊圈都成了演出场所。

尽管这样艰苦，酷爱唱歌的多布杰还是从新生活中感受到了从未有过的
快乐。因为每次演出都得到了群众的高度评价。艺术团演出的节目也都是从
群众中来，群众容易接受。

更让多布杰开心的是改革开放以后，演出条件大大改善。艺术团新招的
演员都经过了专业院校的培训，演出水平有了很大提高。1997 年，香港回归
的时候，多布杰还随着艺术团走出山南，走遍全国，走向了世界舞台。他们
的精彩表演亮相瑞士、希腊、意大利等异国舞台，后来，艺术团还去过澳大
利亚、西班牙，参加世界艺术节演出。他们不光演出了富有民族特点和地域
特色的歌舞节目，更重要的是向观众展示了西藏民主改革前后的深刻变化，
使观众从一个侧面进一步了解到了现代文明的新西藏。

多布杰，一个昔日农奴的孩子，成长为国家二级演员，担任了山南地区
艺术团副团长，还当选为西藏自治区政协委员。

更让多布杰欣慰的是，今天的山南艺术团不仅完整地继承保留了山南地
区众多原汁原味的藏族歌舞和藏戏，还编排演出了更多的新歌舞，受到国内
外观众的欢迎。说着说着，多布杰兴奋地起身，一边打拍子，一边跳起了原汁原味的藏族舞蹈。他说，好的东西就像酥油、糌粑和干乳一样，哪个都不能丢掉。

跳起藏族舞蹈的多布杰

如今，为藏区群众歌唱了四十多年的多布杰已经离开了心爱的舞台。从中国音乐学院毕业的二女

儿继承他的事业，加入了山南艺术团。多布杰说，女儿弥补了他的遗憾。

　　安享晚年的多布杰并没有停止歌唱。清晨的雅鲁藏布江畔，散步的人们不知不觉会被多布杰的歌声吸引，停下脚步，听那仿佛来自云端的幸福歌声："扎西啦，扎西啦……呀啦，扎西德勒……呀啦……幸福的太阳照耀家乡，今天是个好日子，同志们欢欢乐乐地玩，祝你们身体健康，万事如意！"

（丁晓兵　岳旭辉）

第十三篇　伊道的无悔选择

在林芝地区人民医院的大院里，医生伊道迎面走来。看起来，他的腿脚不是很便利。伊道说，20 世纪 50 年代时，他们家比较贫穷，冬天没有御寒的厚衣服，很多时候都是光着脚去上学，下地干活，现在年龄大了关节痛。

在缺医少药的旧西藏，普通人最好不要生病，因为寻医问药太难不说，看病也花不起钱。伊道的母亲就有过梦魇般的经历。

有一年，村里发生流行性感冒，几乎每户人家只剩下一两个人。伊道母亲家原本共有 12 口人，最后只剩下伊道母亲和舅舅两个人。

"求神治病，等于等死"。母亲家的不幸，以及后来叔叔的突然死亡，落后的医疗条件让伊道立志学医。他说，旧社会时，当地医疗条件很差，人们生病以后首先是请当时的喇嘛算卦，然后祭神，杀牛、杀鸡，希望通过杀生来抵命。伊道的一个叔叔精神有些失常，因为当时没有像样的医院，也没有钱就诊，后来就不明不白地去世了。

1959 年，西藏民主改革以后，偏远贫苦的农牧区孩子也能够免费上学了。1974 年，伊道考上了重庆医学院，是当时学校唯一一名来自藏区的学生。

伊道大夫与记者郑颖合影

伊道本名伍金次仁，到重庆上学后，他自己改名为伊道。问起伊道改名的原因，他深沉地说："因为我认为学医是一个高尚的职业，同时也应该担负起救死扶伤的人道主义职责，这是医生的职业道德。作为一名医生，道德最重要，所以把自己的名字改成伊道。"

在伊道的记忆里，是"金珠玛米"——解放军的"马背药箱"开始改变藏区百姓的医疗卫生状况。解放军进藏以后，拉萨才有了人民医院，各个地区相应地成立了一些小型医院，部队的医院也面向农牧区。他们出诊需要骑着马，有的地方连马也骑不了，只能靠双腿翻山越岭，风餐露宿，走村串户地救治病人。伊道记得，1966年有一次麻疹流行，一位姓陈的医生背着药箱一个一个找寻病人去治疗，医生也是他，护士也是他。当时许多小孩子都因为他而得到了及时有效的救治，没有出现一例死亡。这在过去是不敢想象的事情。

"看病难、住院难、吃药难"，这"三难"在过去一直困扰着林芝地区的农牧民。医院远、医生少、看病贵让很多农牧民在大小疾病面前显得没有一点办法。广大农牧民是小病扛，大病熬。伊道至今还记得，刚到医院工作的时候，几间房子、几张桌子、几把椅子，加上药品架，就是全部的设备。在谈到1997年开始启动的农村合作医疗体制改革时，伊道大夫一脸欣慰地说："原来就是大家有小病忍着不去看，现在大家健康意识增强了，生活水平提高以后，一些富贵病也有了。比如说糖尿病、脂肪肝，他们意识到这些病需要早期治疗。我作为一个医生感到很欣慰，我相信人民的生命有了保障，人民的寿命会更长。"有关数据显示，西藏人的平均寿命已经由20世纪50年代的35.5岁提高到了今天的67岁。

伊道介绍说，现在农牧民看病"小病不出乡，大病不出市"。他所在的林芝医院经过40多年的发展，发生了天翻地覆的变化：现在全医院共有210张床位，年门诊在10万人以上，治愈率明显提高。CT机、全自动生化仪、电子胃镜、血液治疗机、多功能麻醉机等大型医疗设备应有尽有。最近，医院内科还新设立了血液净化中心，外科增设了腹腔镜手术。医院新的住院楼和新的门诊大楼也正在建设中。

从医三十多年，伊道已经不记得自己治了多少病人，加了多少夜班，但他从没有后悔过自己的选择。因为，每天，他都觉得自己活得那么有价值，那么有滋味。

（郑颖　才让多杰）

第十四篇　高原的光明使者

个头不高，声音清脆又不失温柔，丝毫没有传说中女强人模样……初见赵秀玲，很难相信，她就是在西藏高原工作了 18 个年头的女水电兵，一个女性高级工程师。

赵秀玲与丈夫虽同在西藏工作，但相聚的日子屈指可数，儿子交给了内地的爷爷奶奶，更是一年到头见不着面。她说："对儿子一直内疚。生了他，但是没带他。那个时候我和我的同事都不提孩子。有次有个记者去查龙采访我，他就问我床头为什么不摆孩子的照片。我说我不摆，其实每天看到以后，心里更难受，还不如不看。"

赵秀玲说，她的热情都给了她西藏的"孩子"，一座座凝结着她和战友们心血和汗水的水电站。

被称为"世界上海拔最高、技术难度最大"的羊湖电站，它的施工区处在印度板块和欧亚板块缝合的边沿，岩石破碎，电站隧洞施工如同在移动变化的沙丘上建造固定房屋一样难。

查龙电站全貌

羊湖电站引水隧洞氧气含量极低，被称为"夺命洞"。徒手在洞中走，心脏的负荷量相当于内地背着 100 斤重的麻袋上台阶，几乎每天都有战士在洞中晕倒。一些外国水利专家甚至断言："在海拔 4000 米以上的高原建大型电站无异于自掘坟墓。"为了检查工程质量，赵秀玲天天把手电筒往脖子上一挂，背上一大包图纸，深一脚浅一脚地穿行在漆黑的隧洞中。隧洞刚打通时，有一次她刚走出洞，就听见背后"轰隆"一声，石头、泥沙将洞口埋了个严严实实。同事们庆幸她捡了一条命。

5883米长的引水隧洞，留下了这个水电女兵几十次行走的足迹。她说："海拔4400多米，对人就是一种考验。羊湖电站当时建的时候困难很多，首先它是高寒缺氧地区。"

被形容为"就连最简单的存活都是在向生命极限挑战"的查龙水电站，离藏北无人区仅有几十公里，素有"生命禁区"之称。空气含氧量只有内地的50%，平均气温零下1.9℃，冬季最低气温达到零下42℃。赵秀玲一直清楚地记得初到查龙电站的情景："查龙电站海拔4500多米，当时我是1993年的2月进查龙，查龙外部环境非常恶劣，没有一棵树，冰天雪地，零下四十多摄氏度。我记得刚进查龙我们住的帐篷，晚上睡觉都要带着棉帽子睡，冻得睡不着。风特别大，有一次刮风把工地上的帐篷都给掀翻了，我们那个会计趴在账本上就哭，因为有的东西被吹飞了。"

"风吹石头跑，山上不长草，氧气吸不饱，四季穿棉袄"。赵秀玲说在这种环境下，她最高兴的事是电站建成发电的时刻，最烦心的是在工地一个月只能洗一次澡。她说："我们当时进查龙是两个女同志，洗澡的问题是我们俩最不好解决的问题。后来就想办法，用柴油

赵秀玲在工地

发电机的冷却水洗澡。当时雷霞头发比较长，洗完澡以后全是柴油味。从洗澡的地方到宿舍这么点儿的距离，头发就全部结冰了，回来以后梳子都梳不开。"

一座座水电工程，如一座座无字丰碑矗立在世界之巅，让西藏农牧民结

束了烧树皮、烧牛羊粪、点酥油灯的历史。每座工程，赵秀玲和她的战友们都付出了艰辛的劳动。赵秀玲感慨地说："我记得是 1998 年的 9 月 18 日，向西藏自治区政府交钥匙。我们亲自画图，亲自作了一个大金钥匙。真正交钥匙那一瞬间，我们心里是非常激动，因为你毕竟在羊湖战斗了六七年。羊湖电站的建成，那是党中央、国务院送给西藏人民的一份礼物。"

　　武警水电部队在西藏仍有雪卡、老虎嘴等水电站正在施工建设。春暖花开时，赵秀玲又要奔赴新的施工现场了。

（孙崇峰）

第十五篇　从"一根草绳命"到"当家作主人"

　　2008 年 8 月 8 日，第 28 届奥运会开幕式在北京鸟巢举行。观礼台上，一位 82 岁的盛装藏族老阿妈也和全场的其他人一样，感受着这一激动人心的时刻。她，就是次仁拉姆老人。

　　半年过去了，在西藏自治区山南泽当镇的一户小院里，老人回忆起当时的情景仍然激动万分："我们祖祖辈辈也不会想到，50 年前我还是个'郎生'，可是今天我能够在北京看到这样的节目，能看到这么多人，我真有福气。"

　　"郎生"，是旧时西藏领主对家奴的称呼，意思是"家庭里饲养的牲口"。在旧西藏领主眼里，"郎生"是物，不是人，价值还不如一根草绳。

　　出生在"朗生"家庭的次仁拉姆，从来到人世的那一刻起就注定要延续着父母所经受的屈辱与劳苦。她 6 岁起就开始为领主干活，每天干完活后，只能睡在一个阴暗的门背后，冬天的夜里常常被冻醒。每当这时候，她只好偎在牛圈、马圈里，靠牛马的体温取暖或着盖着晒干了的牛粪取暖。而主人每天却只发给她两勺糌粑，根本吃不饱。

　　12 岁的时候，领主把次仁拉姆的爸爸妈妈转卖给了当地的另一个领主。而这一别，她再也没有见过自己的父母。回忆起与父母生离死别的场景，次仁拉姆眼睛里泪花闪闪。她说，当时自己身上只披着一块破毡片，妈妈心疼地脱下自己的衣服，给她披上。看到爸爸妈妈要走了，她想大哭一场，可是主子在旁边横眉冷眼地站着，哪里敢哭啊，只有眼睁睁地看着爸爸妈妈从眼前永远地消失了。

　　从此，次仁拉姆孤苦地在领主家里干活：喂马、劈柴、生火、煮饭，伺候着领主老爷，毫无地位和自由的家奴生活一过就是20多年。

1959年，是次仁拉姆最难忘的一年。格桑花开，冰雪消融。次仁拉姆所在的桑嘎村也迎来了民主改革的春天。群众大会上，33岁的次仁拉姆有生以来第一次听到了"废除封建农奴制、农奴当家做主人"的说法。从生下来就是农奴身的次仁拉姆开始并不理解这些大道理，直到她分到了田地、房子、牲畜和粮食，拥有了自由和自己的生活，不用再向领主卑躬屈膝，像所有人一样挺起脊梁做人的时候，她才意识到自己的命运发生了深刻的改变："原以为今生今世只有做牛做马的命，只有求菩萨保佑我的来生来世了。让大家平等，让穷人翻身，共产党毛主席才是真正的'活菩萨'。"

政治上翻了身，经济上也要好起来。民主改革第二年，根据当地农民实际，村里决定成立互助组。村子里，条件比较好的人很快找到了各自的互助对象，而像次仁拉姆这些"郎生"因为是领主的家奴，从没种过田，根本没有什么耕种经验，互助组都不愿意要他们。"郎生"们都来到次仁拉姆家，求她给大家想个办法。次仁拉姆是个要强的人，就对他们说："过去我们穷，是因为我们是'郎生'，有领主压榨我们。现在我们翻了身，别人能干的，我们为什么干不了？只要腿是自己的，我们就能走向幸福的天堂。"

锻炼的次仁拉姆

就这样，西藏第一个全部由"郎生"组成的互助组在乃东县桑嘎村诞生了。他们比别人起得早，睡得晚，不懂农活，就在别人干活的时候，偷偷地去看、去学，然后再教给互助组的其他人。大家齐心协力，努力苦干，硬是把这个互助组经营得红红火火。

一年下来，"郎生"互助组不仅能够自给自足，而且有了余粮；又用卖余粮的钱，买了更多的牲畜，每个人都配备了农具。大家铆足了劲儿，年年都上一层楼，越来越多的人加入到他们的互助组。这个由11户"郎生"组成的互助组不仅在山南，在全西藏也让人刮目相看！

　　1963 年 10 月，带领穷"郎生"翻了身的次仁拉姆第一次来到了北京，受到了毛主席等中央领导的接见。后来，她还获得了"全国劳动模范"、"全国三八红旗手"等光荣称号，当上了人大代表，成为了西藏自治区人大副主任。根据自己的成长经历，次仁拉姆对这些年西藏妇女地位的提高深有体会。她说，过去见到领主过来就要趴在地上，最多只能看领主的脚，现在女干部多了，老师、法官……做什么的都有，真让人高兴。

　　而今，退休后的次仁拉姆老人每天晨练、做操、跳舞，身姿像年轻人一样灵活。她还参加老人风采大赛，获得风采大奖。她像每一个慈祥的老人一样照看着自己的儿孙，生活安稳舒适。她无比满足地对我们说："我的父母叫我次仁拉姆，是因为'次仁'在藏语中是长寿的意思，'拉姆'是仙女的意思。在过去，我只不过是一个苦命的'郎生'，今天，我才真正成了'长寿仙女'了！"

（岳旭辉　肖志涛）

第十六篇 定格在心底的藏族母亲影像

　　土登的家在拉萨城西的一处装饰醒目的藏式社区里。典型的藏式小院从房顶到内部装饰都散发着浓郁的民族气息。客厅里，高原阳光以其特有的明亮和清澈自由自在地散射进来，让人满心欢喜。这家主人土登身穿一件布满口袋的夹克，一副近视眼镜松松垮垮地架在鼻梁上，镜片后面那双时刻转动着想要捕捉新闻点的眼神，透露了他的职业身份。

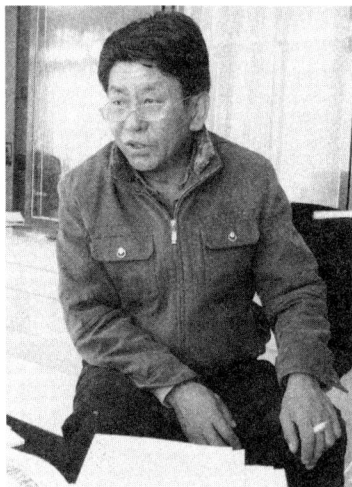

　　土登是新华社西藏分社资深摄影记者。对于自己的经历，土登似乎并不愿意多说，最能引出他话题的是他的摄影图片。

　　土登的家就像一个图片库，几乎在房间的任何角落都能看到土登拍摄的照片。我们发现，其中藏族妇女题材的照片占了相当大的比例。土登毫不避讳地说，他拍照片拍得最早、拍得最多的人物是自己的母亲。

　　对于民主改革前母亲的记忆，土登印象中最深的就是母亲那双手。他回忆说，母亲一年四季、从早到晚都在给贵族捻毛

摄影记者土登

线，捻得很细，却没有得到一分钱报酬，属于乌拉差役。记忆中母亲的手因为捻毛线而肿胀、溃烂，严重变形，即使这样，土登和他的家人却从来没有穿过一件羊毛做的衣服。

　　土登当了记者，学会摄影后的第一张照片就是给母亲拍的。我们看到其

中的一张就是土登母亲在捻毛线。镜头里的母亲笑容灿烂，原来她是在给自己的家里人捻毛线，做衣服。

同样一双手，既能承受苦难，也能创造幸福。这给土登的创作和报道带来很大的震撼和启发。

1999 年，土登在翻看以前旧的影像资料时，找到一张老照片，反映的是1959 年 8 月西藏达孜县翻身农奴焚烧农奴主账本契约的情景。画面中，衣着褴褛的年轻姑娘格桑正起劲地用木棍把地契拨弄到火堆里，脸上流露出掩饰不住的喜悦。土登决定找到这位当年的翻身农奴。如今已经七十多岁、做了祖母的格桑老人住在宽敞明亮的楼房里，子孙满堂、丰衣足食。正聊着，电话铃响了，老人去接电话……

土登用相机记录下了她接听孙子电话时的一瞬间。那双紧握电话的手和那满是皱纹却笑得像朵盛开的格桑花儿的脸，清晰地诠释着"幸福"的含义。两张相隔四十多年的照片，默默讲述着一个藏族妇女几十年历经沧桑的人生故事，给人留下的是深深的震撼。

在茶几上摊开的一堆照片中，我们一眼看到了那张名为《药箱书记孔繁森》的新闻照片。画面上，头戴藏式礼帽的孔繁森正低头为一名藏族老阿妈包扎伤口。土登回忆起他抓拍这张照片时的情景：那是 1992 年底，拉萨郊区墨竹工卡县羊日岗乡发生了地震，时任拉萨市副市长的援藏干部孔繁

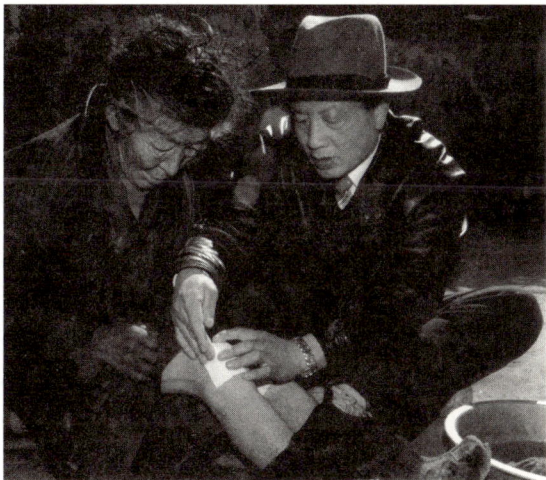
孔繁森为藏族阿妈治病的照片

森背着药箱奔赴灾区时，见到了这个老阿妈。老阿妈把裤腿卷起来给孔繁森看，肿得厉害，站不起来，孔繁森二话没说，立即给老阿妈包扎起来。土登非常受感动，立即抓拍下来。20 世纪 90 年代末，这张人民公仆与藏族阿妈

血肉相连的照片感动了许多藏族同胞的心。

在雪域高原有许许多多这样的老阿妈。在一张张复制着传统文化、记录着现代文明的各类照片中，土登还特意给我们挑出一张非常耐人寻味的照片。画面是拉萨市的一个证券交易所里，一位藏族老阿妈正专注地盯着显示股指涨跌的电子大屏幕。看着照片，土登脸上露出得意的笑容，对我们说："我拍她时，和她打了个招呼。她说早上她要去念经、转经去，手上拿着转经筒。然后，等九点半证券交易所开始交易的时候，她把转经筒放在自己的包里，来到证券交易所大厅去看自己买的几个股票的涨跌情况。"

一个藏族的摄影记者，一台记录历史变革的相机，一张张照片，为我们还原出一个正在走向幸福生活康庄大道的真实西藏。55 岁的土登在 34 年的职业生涯中，经历了一个从摄影门外汉到新华社首届十佳摄影记者的巨大跨跃。他说，是一个个藏族母亲深沉的爱和不平凡的经历给了他工作的激情。作为时代的见证者，土登还将继续忠实地记录历史变革的一个个精彩瞬间。

（蒋琦　丁晓兵）

第十七篇 "生态卫士"郭建雄的心里话

即将进入春季防火期，武警西藏森林总队扑火作战指挥中心一片繁忙，大屏幕上的林区卫星图像不时更新变换，值班电话的铃声此起彼伏……身为总队长的郭建雄这些天 24 小时都在这儿忙碌。作为 20 世纪 80 年代东北林学院毕业的高才生，他将自己人生最美好的 26 年青春年华都奉献给了森林生态保护事业。

他说："我当兵 26 年、结婚 20 年、两地生活 15 年，大多数时间都在两地生活，家属对我的工作是很支持的。当然驻藏区的部队基本上都是这样的情况，绝大多数干部家都是在内地，真是克服了诸多的困难。为了建设好部队，妻儿老小在后方支持着大家。"

西藏天蓝水清，人与自然世世代代和谐相处。武警西藏森林总队为美丽的西藏守护的，是中国最主要的森林和原始林区，是总面积近 1400 万公顷的森林和排名全国第一的活立木蓄积量。说到这些，沉稳干练的郭建雄语气里渗透着兴奋。

2002 年武警西藏森林总队成立。回顾这支队伍七年的历史，信心满满的郭建雄说自己的部队彻底改变了以前西藏扑救森林火灾完全靠老天下雨的历史，为西藏的丝丝绿色筑起了坚固防线，问心无愧地做到了不辱使命。他说："部队进驻之前年均发生火灾大概在 50 起左右，完全是依靠天力和组织当地的老百姓实施简单的扑救，由于没有专业的扑火队伍，火灾造成的损失比较大。部队进驻之后，宣传、巡护、瞭望这些必要的预防措施都跟上了，火灾发生率明显下降，现在每年扑救火灾大约在 15 起左右，特别是火灾发生后所造成的损失是明显下降了。"

有着巨大反差效果的数字从郭建雄的嘴里平淡的列出，却难掩成绩背后武警森林部队官兵的那份艰辛。2006年为扑灭珠峰自然保护区森林火灾，官兵翻雪山涉冰河艰难跋涉了两昼夜第一时间投入战斗。2008年扑救林芝森林火灾，400余名官兵鏖战9天9夜，一名年轻的战士长眠高原大地。

可可西里、羌塘，西藏38个自然保护区，仅世界级的自然保护区就有3个，国家级的自然保护区有9个；藏羚羊栖息地、藏野驴栖息地，被誉为"物种基因库"的荒凉大漠处处都是整个人类生态保护的最前线，也是郭建雄和他的战友们守护的地方。他说："4000米以上就是属于生命禁区了。羌塘属于无人区，平均海拔5000米，我们执行一次任务大约行程7000多公里、27天，沿途一点氧气也补充不上来。在执行'高原二号'行动时，我们的装备落后，4名同志受了伤，永远地离开部队了。"

最新的统计数字显示，西藏整个自治区的森林覆盖率已经由过去的9.84%提升到了目前的11.31%；藏区自然保护区里，以藏羚羊、黑颈鹤等为代表的濒危珍稀野生动物的种群和数量持续上升，乱捕滥猎情况显著减少。这些巨大成绩的背后，正是武警森林部队几年来的艰苦努力。而更让这位西藏森林部队主官高兴的，是自己这支森林卫士队伍战斗力的不断提升。

郭建雄和战士们在一起

郭建雄说："刚到这个地方的时候灭火装备也是比较单一的，现在已经组建了水泵特种分队，只要是有水源我们都可以把水输送到灭火第一线去。我们还装备了可以集运兵、宿营、吸氧于一体的运兵宿营车，解决了到羌塘自然保护区执行野生动植物保官兵的各项保障问题。我们过去几乎完全是徒手和自然对抗，挑战极限，而我们现在的装备更加人性化了。"

　　从过去电台、对讲机通话，到现在的北斗一号等随时随地覆盖的卫星通讯保障；从过去的宿舍上下铺的条件简陋到现在的单人单铺，电视、电话、电脑、氧气进班的后勤保障，郭建雄满怀喜悦的介绍着自己的部队在生活、装备、建设等各方面发生的翻天覆地的变化。郭建雄说，有肩负守护雪域高原的神圣使命的"绿色卫士"在，森林将永伴祖国、绿色将常驻大地。

　　　　　　　　　　　　　　　　　　　　（孙崇峰）

第十八篇　从贫苦农奴到副部级乡官

　　二月的西藏山南，乍暖还寒。但在隆孜县列麦乡赤列旺杰家里，我们却感受到了盎然春意：两层楼的藏式小院掩映在绿树丛中，院子里的草坪遍地泛绿，活泼的藏獒摇晃着尾巴在大门口四处张望。见我们来采访，赤列旺杰急忙放下院子里正在整理的活计。他说，父亲生前很喜欢在院子里坐坐、晒晒太阳，父亲在世时的口头禅就是"我们赶上了好时候"。

　　赤列旺杰的父亲从一个牛马不如的农奴到享受副部级干部待遇的中国级别最高的乡镇党委书记，传奇的成长经历实际上是百万翻身农奴这50年来在政治和经济上获得新生的一个缩影。

　　赤列旺杰的父亲叫仁增旺杰，西藏和平解放前，他家世世代代都是农奴主的奴隶。他每年要背着五六十公斤重的糌粑，徒步一个星期到数百公里外的拉萨送两三次货物，其余时间就为农奴主放牛羊、种庄稼，就是这样没日没夜地干活，还常常挨农奴主的皮鞭毒打。父亲曾对赤列旺杰讲，1946年的夏天，自己一不小心丢失了一只羊，被管家打得皮开肉绽。农奴主把他扔在羊圈里，三天三夜没吃没喝。邻居偷偷去看他，也被抓起来毒打。而这一年，父亲才刚满10岁。那时候，农奴被称为"会说话的牲口"，祖祖辈辈没有任何财产，终生依附在农奴主身上。在和平解放前的20到30年时间里，他们乡600多人，逃跑的农奴就有55个，饿死的也有28个。

　　1959年，达赖集团发动了武装叛乱，激起了西藏各族人民的公愤。这个时候，赤列旺杰的父亲也挺胸站了出来。他们主动为当地干部和人民解放军当向导，积极主动提供各类叛乱分子活动的动向，组织老百姓设卡堵截叛乱分子。父亲在世的时候一再说，没有共产党，他绝对不可能活到今天。

西藏民主改革后，新旧社会两重天。赤列旺杰的父亲更加坚定了永远跟党走的信念，成为西藏最早加入共产党的农奴之一，还当选为隆孜县列麦乡乡干部。赤列旺杰的父亲带领着乡亲们办果园、造大棚、跑运输、建电站，一干就是整整50年，硬是把一个鸟都飞不过的深山峡谷打造成西藏农村的一面旗帜。

20世纪70年代，列麦乡就在西藏所有乡镇一级率先建起了水电站。现在，这个乡已经有两座500千瓦的水电站，电费一毛钱一度，在全国独一无二。人民公社的时候，列麦乡就实现了集体给所有的农牧民盖新房，这在旧西藏是想都不敢想的事。

赤列旺杰说，父亲是中共第十一届中央候补委员，曾经有很好的晋升机会，却执着地留在列麦乡当党委书记。他的愿望就是带领乡亲们把家乡建成一个富裕的地方。一个享受副部级待遇的干部，直到去世前还在山沟沟里为两千多人的大事小情辛苦奔波。在他的带领下，列麦乡人口从当年的600多人，发展到现在的2400多人，适龄儿童入学率达100%，农民年人均收入近4000元，成为山南地区发展速度最快的乡镇之一。

赤列旺杰回忆说，每当提起这些变化，父亲总是喜上眉梢。临终前，父亲唯一的遗憾是：不能再为自己挚爱的这块土地做点什么了。

（张毛清）

第十九篇　甘巴拉的守望者

　　海拔5374米的甘巴拉雷达站，是世界上最高人控雷达站，第17任站长刘世国是现任团长。在他坚守在高原的23年里，刘世国先后荣立二等功1次、三等功2次，被西藏自治区评为"十大杰出青年"。

　　早春时节，记者踏着春天的脚步，跟随刘团长登上甘巴拉雷达站，开始了我们的高山之旅。

　　刘世国对自己第一次上高山时的艰辛还记忆犹新："1986年毕业后，第一次上甘巴拉。车是老解放，刚上公路之前，油泵就不行了，我就在车头上泵油，司机在驾驶室里开。从山下开到山上，把我冻的够呛，路又颠，四五十公里路，走了将近六个多小时。"

　　雷达换装本来是雷达兵最高兴的事，可对甘巴拉官兵来说却是最头痛、最麻烦的事情。上山路上的199道弯，加上有的地方弯急、坡陡，满足不了雷达的转弯半径，有时一个拐弯要走好几个小时。刘世国说："1987年准备架设新设备，我带领18个战士，从阵地到山口修路。也是七八月份，当时一阵风、一阵雨、一阵冰雹，一会儿又出太阳，虽然路只有七八公里却修了将近二十天，每个修路的人员，包括我在内，掉了三层皮。当时没有更多的设备，就是铁锹、十字镐、钢钎。"

　　23年过去了，沿线的路桥涵洞相继开通，坑坑洼洼的土路变成了平整的柏油路。路好了，让雷达更容易上山下山、更快速的机动、更快捷的组网，屋脊上雷达兵的"生命力"也更强了。

　　刘世国平静的讲述中透着一份自豪："如今路面宽了，挡墙也修了。现在按照他们的话说，闭着眼睛就过去了，二十多米长的装备车都能过。就那部雷达，从行军状态到战斗状态，只需要几分钟。过去安装一部雷达是两三天的事。"

雷达兵过去几十年来都是沿用眼看、口报、耳听、手抄、键发、笔标等为主要方式的空情收集和处理办法，如今，随着新装备的列装，雪域边陲有了情报智能处理系统。过去每天只能处理几十批空情，现在每天都能优质保障上百批空情。

高科技装备需要高素质的人才来操作，站在战争前沿思考的刘世国，更加注重人才的引进、培育和使用，这也让他对雷达兵的未来充满信心。他说："人才队伍发生了翻天覆地的变化。1986年我来的时候，是中专生，现在部队的干部都是本科生、研究

刘世国团长接受记者采访

生，这样的比例还不小，每个单位本科生的比例是十五个干部里面有十一二个。"

西藏恶劣的自然条件让以前的甘巴拉与外界十分封闭，普通的家信一般都要一两个月才能到，来的报纸杂志都是旧闻，外面什么信息不清楚。现在安装了卫星接收机，配备电脑，能够进行网上冲浪，虽然居住在世界屋脊，但是已经打开了信息之门，雷达兵站在世界之巅可以看世界了。刘世国说："我来的时候就一个14寸的黑白电视，那个不是收电视节目的，而是放录像用的。可以看的节目特别少，有的战士甚至可以把录像带里的台词从头到尾背完。现在不一样了，可以接收的电视节目几十套，你想看那个台就看那个台。每个阵地上都可以给家里打电话，既有手机信号又有卫星电话。"

经济的腾飞、社会的繁荣，为边防建设提供了坚强的支撑。刘世国感慨地说，雷达站的变化，官兵生活条件的改善，交通、通讯的便利，都是改革开放取得的成果。他说："这是目前最先进的雷达，可以实现无人值守。中

央军委首长和科研部门付出了很多心血，改善高山官兵的生活条件，短期内做到少住人，长期的目标是不住人，实现遥控。新一代的雷达兵很幸福啊！"

国家强则军队强，军队强则边关强。高原雷达兵刘世国的 23 年，一直在验证着这样的强军之路。

（郭凯　陶宏祥）

第二十篇　雪山脚下温暖的家

　　美丽的羊卓雍错是山南地区浪卡子县的骄傲。湖的南岸，傍依着桑丁寺；湖的西面，矗立着海拔七千多米、一年四季白雪皑皑的宁金岗沙峰。对于浪卡子县民族宗教局退休干部德来老人来说，这是他人生轨迹中的两个站点：小时候，他是桑丁寺倍受寺院上层欺凌的小僧人；而现在，他在雪山脚下有个温暖的家。

　　德来出生在一个贫穷的农奴家庭。父亲死得早，妈妈养活不了他。13岁那年他被送到桑丁寺去当小僧人，受尽了寺庙上层人物的欺凌和打骂。1959年，西藏民主改革后，德来获得解放。从此，德来如同放飞的小鸟，还俗回到了村里；分到了两间房，三亩田地，六只绵羊。后来，德来自愿报名到内地学习，毕业后参加了工作，成为党的基层干部，一直在山南地区工作，退休后又回到了老家曲都村。

　　二月的浪卡子，风沙很大。好客的德来老人来县城接我们去他乡下的家。从县城到曲都村只有几公里，一路上，高原上的风，吹起细小的沙石，噼里啪啦地打在我们脸上。老人骑着摩托车带路，挺直的身板，一点儿看不出67岁的样子。小路尽头，就是德来老人的家。站在德来家院子里，远远地看见一座庄严肃穆的大雪山。德来说，那就是宁金岗沙峰，是藏族群众心目中的神山。

　　德来家的房子虽然已经盖了四年了，但看起来仍然很新，面积足有五百多个平方米。正打量间，德来的女儿端来了酥油茶。

　　热气腾腾的酥油茶入口后令人回味，也勾起了德来老人的满足和自豪。他说，以前他家的房子只有三间，人和牛住在一起；现在，他家有21间房，连牲畜都有自己的"住房"。现在，他家有一辆手扶拖拉机、两辆摩托车、四台电视机、六七个收音机。一家人吃、穿、用根本不用发愁。

德来细说着自家的起居变化，越说越兴奋，容不得我们插嘴："我们家只不过是一个缩影。我不说别的，就说我们村。以前你从山上往下看，只能看到几个羊圈；现在你看，都是楼房。以前你捡不到牛粪，没办法烧火；现在不需要了，煤气、太阳灶、电炉，这些都有，烧水做饭再也不用犯难了。"

德来老人有七个孩子，三男四女。老两口和二女儿一家住在一起。德来老人的房子四年前重盖，花了十九万。他带我们到他的卧室，拖出一只大箱子，里面装满了亲手制作的藏靴。每只靴子上都绣着精美的图案。德来老人快乐得像个孩童，指着一摞摞藏被、藏毯，自豪地告诉我们，他的19个儿孙晚辈逢年过节都要回来。一家人团团圆圆，其乐融融。他说，过去房子不好，总担心没地方住，现在房子宽敞了，40多人住都没有问题。没有共产党，就没有他今天的幸福生活。

（周平　蒋琦）

第二十一篇　听达瓦讲那小学的故事

今年 62 岁的达瓦玉珍 1948 年出生在西藏林芝一户贫农家中，1974 年开始在林芝小学教书直到退休。虽说教了二十多年的书，但达瓦老师小时候却没有上过一天学。她说，她家当时特别穷，家里九个小孩，民主改革前别说上学，连饭都吃不饱，成天是这里要一点、那里要一点打发过日子。没有共产党的领导、没有共产党的政策，可能连命也保不住！

西藏民主改革后，当时的人民公社组织包括达瓦玉珍在内的一批年轻人进行集中扫盲培训。几年下来，她们读完了相当于小学四年级的课程。1971 年，国家出台相关政策，像达瓦玉珍这样的年轻人可以上大学。33 岁的达瓦终于走进了西藏自治区师范学校，也就是现在的西藏大学的校门。

1974 年，达瓦玉珍毕业分配到林芝县当时唯一的一所山村学校——林芝小学教数学。那时，林芝小学共有 17 个班 500 多名学生，老师只有十几个，教学条件很差：几把歪歪扭扭的桌子板凳，两三个小孩共看一本书，一个老师要带好几个班。

这种情况一直持续到 1979 年林芝小学搬迁到了现在的林芝镇新建的小学才有了好转。

1985 年，达瓦玉珍开始在学校担任领导职务。林芝地区的群众住得都比较分散，小

达瓦玉珍校长

孩上学不方便，往往要父母骑马送孩子来上学，大大影响了学生的入学率。

这成了达瓦心中最大的一块心病。后来，国家集中办学制度和"三包"政策解除了她的后顾之忧。达瓦玉珍和学校其他老师一起，入村进户，动员广大群众送小孩来学校上学。集中办学后，小孩上学实行"三包"：吃住都在学校，还专门有老师管理生活。学校还盖了学生食堂、宿舍，教学用具设备各方面都比较好。家长也就愿意送孩子来读书识字了。

林芝小学现代化教学楼

1999 年，达瓦玉珍退休了。她欣慰地说，现在林芝小学有 36 位教师，都是大专以上学历，当地教育的发展空间越来越大。

采访快结束时，达瓦老师一定要拉着我们去 18 公里外的林芝小学亲眼看一看。走到校门口，一眼就可以看到左边已经基本建好的三层的藏式风格学生宿舍楼，右边是现代化的教学楼。达瓦老师摸着校门内的护栏说，只剩下这护栏还是她退休前建起来的。短短十年时间，林芝小学的变化实在太大了！她越说越激动："哦耶耶，校舍真漂亮！一切都变样了！哈哈哈哈……"

（雷恺　张克清）

第二十二篇　益西洛追老人的西藏记忆

　　益西洛追是我到达拉萨后认识的第一位藏族老人，认识他是因为在他家藏红色的屋顶上、在一片风马旗中挂着一面鲜艳的五星红旗。

　　记者："我们想听听您讲讲西藏的故事。"

　　益西洛追说："今年开西藏改革五十周年庆祝会，我听到以后很高兴。因为民改我也参加了。民改以前什么样子，民改以后一直到现在什么样子我很清楚。因为我是证明人，我是新旧的证明人。"

　　益西洛追的家住拉萨市最繁华的八角街附近，紧邻著名的大昭寺，他在这里整整生活74年了。

　　益西洛追说："我们是从旧社会过来的，我也知道西藏2000年的历史。我在59年以前没有房子，什么都没有。冬天、夏天穿的都是一件衣服。晚上没有盖的，晚上把衣服取下来就这么睡，脚上也没有鞋，赤脚。"

　　记者："就赤脚？"

　　益西洛追说："对，过去西藏贵族有鞋穿，没有钱的牧民、农民根本没有鞋。这样的话，夏天从藏历三月到藏历十月，七个月没有鞋，不穿鞋。如果有一个鞋就先存起来，等到冬天冷了再穿。"

　　童年时，益西洛追是贵族庄园里负责放牧的奴隶，他的父母靠捡牛粪、给贵族家背水维持全家人的生活。他说，那时什么活儿都做，也没有自己的家，贵族老爷叫干什么干什么，晚上经常跟野狗睡在一起。他说："奴隶没有说话的权利，只能干活。我在有钱人家里当奴隶，送东西、运东西，零零碎碎的活儿都做。打随便打，骂随便骂，不能反抗，如果反抗就完了，那可不是一般的打。有些领主权力大的就把你关到监狱里头。"

在益西洛追的记忆里，第一次见到五星红旗，是在给贵族老爷运货回拉萨的路上。红色的旗子让他惊奇，红旗下的解放军更让他震惊。他说领主老爷把他当成比牦牛都不如的牲口，只有解放军把自己当个人，问寒问暖，干完活儿还给报酬。在一个没有星星的夜晚，21岁的益西悄悄地逃离了庄园去寻找解放军。

怀揣希望的益西被解放军送进了西藏民族干部学校，满是粗茧和伤痕的手第一次拿起了笔，第一次学会了用藏文写自己的名字，益西洛追说，这就是天堂。益西洛追说："那个时候西藏干校有300多名学生。我们这些人没有文化，参加干校后，学习、穿的、住的都在学校里边，我非常高兴，不到三年时间，我学会了藏文。"

1959年，从学校出来后，益西洛追成为西藏第一代交通民警中的一员。他说："我们25个人里头，2个汉族，23个藏族。拉萨有4个岗台，我开始是四班，四班站在八角南街那个地方。"

在益西洛追八角街的家，老人拿出珍藏的相册，黑白的、彩色的、一寸的、五寸的，记录着那段不曾远去的历史。

记者："您家真的是有不少照片。"

益西洛追说："对，这是过去的拉萨，这是现在的拉萨，你看看现在城市这个都没有了。布达拉往西都没有，都是空地。"

记者："你们那个时候都是骑自行车?"

益西洛追说："对，那个时候摩托车很少，拉萨公安局就一部汽车。自行车好走，摩托车不好走，汽车就更不好走。西藏走汽车根本不可能，一个是没有汽车路，再一个也没有桥，过河的话，没有桥根本不行。1954年第一次开了全国人大。"

记者："对，没错，您记忆真好。"

益西洛追说："第一次全国人大开的时候，西藏的代表达赖和班禅，他们都要去北京，那时候去的时候没有路，他们骑马走了，回来的时候有路了。"

记者："他们什么时候回来的?"

益西洛追说："1955年回来的，回来的时候就有路了。"

记者："谁修的？"

益西洛追说："解放军修的。路修好了，拉萨的大学也盖好了。"

1986年，51岁的益西洛追退休了，原本可以颐养天年的他又被选举为城关区人大代表。益西洛追说，他非常珍惜宝贵的民主权利，这些年，他就城市管理、城市建设、城市卫生、人民生活等方面提过议案，帮身边百姓解决了不少问题。

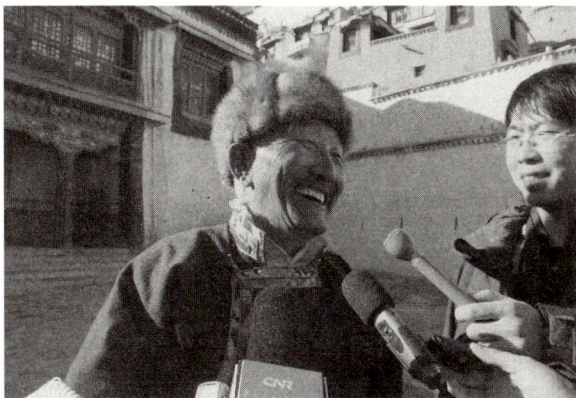

益西洛追接受记者采访

2008年，益西洛追在八角街旁边的夏萨苏社区安了新家。益西洛追说藏家人该有的都有了，全套的现代电器和传统的藏式家具还有经堂，但他还多了一样，就是屋顶的国旗杆。老人说他退休后有两个习惯：一个是每天到屋顶升国旗，另一个就是喜欢到八角街上走一走，感受这里的繁华。

益西洛追说："五十年里面西藏确实发生了翻天覆地的变化，我们得到了这么大的政治权利、人民生活水平那么高，是怎么来的，是因为共产党的恩情，没有共产党西藏人民就没有今天的生活，没有今天的新西藏。"

明媚的阳光下，拉萨显的温暖而平和，热闹的八角街，朝圣者的脚步匆匆，大大小小的商铺喧闹依旧。益西洛追穿着改良的藏棉服，戴着藏帽，架着时尚的墨镜，手里拿着手机，既不失传统又带着现代气息。经历过新旧两个西藏的益西洛追，在这条街上最能感受到时代变迁的真正含义。

（陈钟　任磊萍）

第二十三篇　党的关怀照我心

在西藏江孜县教育局一间洒满阳光的办公室里，我们见到了拉日老师。清瘦的脸上透出一份儒雅，这是拉日给我们的第一印象。

二十来平米的房间里摆了三张桌子，每张桌上电脑、传真电话、打印机这些现代化的办公设备一应俱全。拉日老师办公桌旁边的墙壁上，贴着一张电脑制作打印的大幅彩色教学情况分析图。

42岁的拉日老师有23年的教龄，如今是日喀则江孜县教育局教研室主任，负责全县的教学计划和进度，现代化的教学设备让拉日老师工作效率几何倍增长，他最擅长的是数学教学课件的制作。拉日说："以前我们出题、印刷什么都用手工，时间耗费很多，现在用这些现代化工具，时间短、效果好。各个学校都配备了速印机，校长都用上了手提电脑。现在条件好多了。"

对于拉日的父母来说，儿子今天的工作他们是想也不敢想的。旧西藏寺院垄断着教育，绝大多数学生是贵族子弟，农奴的孩子只能是奴隶，根本没有接受教育的权利。拉日告诉我们，听阿爸讲，家里三代都是奴隶，给奴隶主放羊、放牛，父母都是文盲。

西藏和平解放特别是民主改革后，国家在西藏实行了最优惠的教育政策。拉日成了这些优惠政策的受益者，他说："当时我们村子很多学生去上学。免费的同时还有助学金，一个月有七八块钱，相当于一只羊的价钱。到初中以后，吃的、住的都有政府资助。有党的关怀，我能上学，一直到中专、参加工作，然后继续读大专，我还到上海学习过，政府创造了很多机会。"

毕业后的拉日，如愿以偿到江孜县卡堆乡完小当了一名人民教师。拉日清楚地记得，他工作的那一年，国家在西藏对义务教育阶段农牧民子女实行了包吃、包住、包基本学习用品的教育"三包"政策。在随后的几年里，国家和西藏自治区先后6次调高了"三包"经费标准，有26万农牧民子女从中受益。拉日深有感触地说："现在上学都是'两免一补'，吃的、穿的、住的，都是由政府来管。一年十个月中小学有一千多补助。西藏初中班全国各地都有。本地初中也有两所，孩子在本地上初中，还有机会考到内地大学。"

采访中的拉日老师

拉日说无论是国家开办的内地西藏班，还是西藏本地的学校，师资力量强、教学质量好，学生的吃、住、学杂费、医疗费等也都全部免费，这些优惠条件减轻了西藏学生家庭的经济负担，许多农牧民愿意把孩子送来读书受教育。现在，西藏共有各级各类学校一千多所，小学适龄儿童入学率从解放前的2%上升到98.2%，青壮年文盲率从解放前的95%下降到5%以内。在拉日老师工作的江孜县，中小学里科学实验室、图书室、语音教室和计算机教室成套设备、体音美卫生设备应有尽有。

我们问拉日："现在您身边没有书读的孩子还有吗？"他说："一般没

有。现在我们学生都享受西藏特殊教育政策的照顾，江孜县 1996 年普及六年义务教育，2000 年通过扫盲验收，2003 年通过普及九年义务教育验收。"

（陈鸿燕）

第二十四篇　村民扎西换车记

我们来到日喀则地那村扎西家里的时候，他和儿子正在打扫自己家的新汽车。之所以用"打扫"而不用"擦拭"来形容扎西家的车子，是因为他家的车实在太大了，大到扎西的儿子都忍不住要炫耀一番。

记者：这辆车有多少个位子？

扎西儿子：座位是49座！大巴车，客人舒服一点！49座，基本上都坐满！

记者：买这车，花了多少钱？

扎西儿子：我们花六十多万！这个座位都是顶好的座位，韩国的！

记者：车载电视里都放什么内容啊？

扎西儿子：藏歌、汉歌，什么都有！

这是一辆49座的豪华大巴车，与内地车辆的区别就是车身上印着一幅牦牛图像。扎西告诉记者，现在村里流行搞运输，很多人家都有车，他们家前后大大小小买了三四辆汽车。像这样的豪华大巴车城里面也没几辆，而他们地那村就有8辆。他介绍

扎西与记者合影

说，过去整个地那村也就只有三四辆马车，其他什么也没有，大家靠种田生

活，日子过得有些拮据。后来，政策放开了，有些脑子活泛的人开始向银行贷款买车、搞运输。20世纪80年代村里有三家人在政府的鼓励下，使用了国家提供的无息贷款买了拖拉机，平常搞运输，农忙时自己也可以派上用场。

扎西说，当年借债买车这事在地那村曾引起了巨大的轰动。因为西藏有句民谚叫"无债便是富"，民主改革前，很多人被农奴主放的高利贷和残酷剥削吓怕了，因此，很多人听说他们贷款买车，都说他们穷疯了！可后来这三家仅用了两三年时间就还清了贷款，这让所有人大吃一惊。大家逐渐意识到：看样子老观念不一定行得通了。

从1993年买大型铁牛拖拉机开了头，扎西开始四处揽活干。赚了钱的他便开始不停地换车：从能乘五六个人的小轿车到中巴客车、大巴客车，直到2007年买的这辆豪华大巴车。

从"面朝黄土背朝天"的小农经济到"适应现代社会发展"的商品经济，扎西一家在富裕起来的同时也和所有村民一样经历了一场思想上的革命。他深有体会地说，换车主要是根据客户的需要。以前客运车子里面比较挤，有的人就不愿意坐客车，都坐那种小型的轿车，后来客人又觉得坐大巴士感觉比较舒服，他就更换成现在这辆豪华大巴车。他说，这都得看市场，必须按照市场规律办事。

扎西的家

俗话说：要想富，先修路。扎西说，他们富裕起来得益于西藏越来越好的公路网络。刚开始买拖拉机的时候，联通城乡的路基本都是土路，又窄又不平，一年下来，搞运输赚是赚了点钱，但是好多钱都花到维修车辆上面去了。现在日喀则通往各县的公路都修好了，2001年还铺上了柏油，以前从日喀则到江孜要五六个小时，现在一个多小时就到了。路况好，时间少，耗油也会变少。现在，扎西家的运输生意也是一年比一年好。

　　手把方向盘朝着幸福的方向，脚踩油门推动致富的车轮。扎西所在的地那村成了远近闻名的"运输第一村"。凭借着 2008 年全村人均收入达到10160 元，地那村一举迈入西藏"万元村"的行列。

　　现在，富裕起来的扎西一家和乡亲们一有空就会开着他们的新车，沿着四通八达的公路网出去旅游。55 岁的扎西自豪地告诉记者，有了车，他们看遍了西藏各地风光；有了车，他的三个儿子都当了司机，跑起了客运，家里的日子越过越红火。

（陈钟　肖志涛）

第二十五篇　我用音乐赞美这片土地

今年 28 岁的洛桑加措在拉萨市仙足岛小区有一间自己的音乐创作室，许多西藏乐队的 MV 都是在这里制作的。这个 80 后的藏族小伙子还在西藏电视台藏语频道担任娱乐节目的制作人，深受观众喜爱。

洛桑嘉措从小就显露出对音乐的天赋。1999 年离高考仅有 15 天的时候，洛桑嘉措作出了他这一辈子最大胆的选择：他没有听父母的劝告，放弃了高考，只身前往山东齐鲁音乐学院进行自费音乐学习。他说，自己对内地的一切都是充满好奇与幻想："藏族本来就喜欢唱歌跳舞，我也从小就喜欢音乐，初中时就喜欢抄歌词。我觉得音乐歌词、旋律都能表达我自己，这是我的梦想。"

那时，西藏仍然实行的是大学生毕业包分配的教育优惠政策，成绩优秀的洛桑加措，完全有能力考上一所大学顺利走上工作岗位，但就因为当年西藏大学音乐专业不招生，他便不顾家人反对退学踏上了追梦之路。

洛桑的音乐专辑

洛桑说自己是一个做事执著的人，不达目的决不罢休。怀揣着对音乐的执著与热爱，洛桑辗转山东、北京、河北等地，一边认真地学习音乐，一边打工挣学费和生活费。在三年多的日子里，洛桑嘉措做过洗车工、电脑推销员，甚至还在北京王府井的一个过街天桥下，拿着一把吉他做过"街头艺人"。

回想那段流浪的日子，洛桑说："是自己选择的，我只有继续走，但现在来看，这些经历都是我人生的宝贵财富。我准备出本书，现在藏语部分写完了，汉语部分还没写，我总结了一下是本励志的书。现在西藏不包分配以后，很多学生都很茫然，我就是想通过我的经历告诉他们没什么好怕的。"

　　四年后，洛桑加措回家探亲，父亲再次提出让他考大学，顾及父母的感受，洛桑留了下来。2003 年，洛桑考上了西藏大学旅游学院。

　　在大学校园里，洛桑汲取着校园里的新鲜养分，创造出了一曲曲脍炙人口的校园民谣，《我爱你阿爸、阿妈》、《同学》等歌曲开始被周围的同学传唱。洛桑说，妈妈来拉萨进货，问他说你都学了什么，让我看看，洛桑唱了一首自己写的歌曲《我爱你阿爸、阿妈》。当时妈妈听了后激动地哭了，最后说要支持洛桑出专辑。

　　2003 年，22 岁的洛桑嘉措出版了自己的首张藏语版校园民谣专辑，这也是西藏藏族大学生自己作词、作曲并演唱的首张校园民谣。洛桑嘉措成为西藏第一个校园原创歌手。2007 年 4 月洛桑嘉措开办了自己的音乐制作室，并注册独角兽影视文化传播有限公司。同年 12 月发行了第二张原创专集《卡米萨玛》，拉萨的大街小巷都能听到他动听的歌声。

　　如今，洛桑嘉措已经成为一个专业的音乐制作人，正在赶制他的第三张专集。洛桑说虽然自己创作的歌曲在形式上都是通俗歌曲，旋律上借鉴了流行音乐的元素，但在他的歌里还是可以听到西藏民族音乐的传承，而且歌的内容也是反映西藏独特的人文情感的藏语歌曲。洛桑嘉措说创作本身来源于生活，是西藏这片土地给

洛桑在音乐工作室

予了他热爱音乐的潜质，给了他创作的源泉。"我不会直接说西藏有多好，这里的人有多好，但我会用自己的表示方式，用音乐去赞美这片土地。"

（德庆白珍）

第二十六篇　走出大山的珞巴族

　　爱唱歌的达瓦的家，在雅鲁藏布江畔、珞巴族的才召村。种着青稞的农田旁，是一幢幢有着紫红色屋顶的别墅式农居。山顶是喜马拉雅山皑皑的白雪，山下是河谷中盛开的鲜花，宛若仙境。达瓦指着远处莽莽的原始大森林说，那里曾经也是他的家，是民主改革把他家从旧西藏的苦痛中解放出来，让珞巴族人获得了新生，成为 56 个民族大家庭中平等的一员，成为国家真正的主人。

　　今年 43 岁的达瓦出生在西藏独有的少数民族——珞巴族，这是中国人口最少的民族，总人口只有 2200 多人。达瓦的祖辈生活在喜马拉雅山麓的深山峡谷中，与世隔绝。在旧西藏，珞巴人被看做是"野人"而倍受歧视。西藏农奴主规定，珞巴人不可以下山，下山不但要缴重税，还要受到领主残酷的惩罚。达瓦回忆说："阿爸说，在旧社会，珞巴族是生活在丛林中，主要以狩猎为生。既使是有时候到这边藏区来做生意，都要受三大领主的压迫，缺衣少穿。粮食每年都熬不到年底，吃青冈果这些东西充饥。"

珞巴族传统服饰

　　1959 年，西藏实行民主改革，居住在深山密林中的珞巴族人也和西藏百万农奴一样，翻身当家做了主人，每家每户都分到了牛、羊、土地和生产工具。在进行民族识别时，珞巴族被国家正式确立为一个民族，成为 56 个民族大家庭中的平等一分子，再也不是旧西藏所谓的"野人"了。达瓦说："珞巴族虽然人口最少，但是全国的人大代表都有珞巴人的身影，珞巴人真正成了国家的主人！"

2006 年国家投入 500 万元，重新为每户珞巴族群众修建了独门独院的砖混水泥结构住房请他们下山。昔日住山洞和简易草棚、靠刻木结绳记事的珞巴族，如今都住进了宽敞、明亮的新房。达瓦在雅鲁藏布江畔的才召村也有了自己的新家，他本人还被选为村儿里的村委会主任。他说："搬到这里以后，有了自己的民族乡政府，乡政府的干部经常下来手把手地教种蔬菜和各种农产品。学会了种植过去没有种过的东西，比如大棚蔬菜、青稞和小麦。学会了这些技术以后，自己的生活也在不断地发生变化。"

在达瓦的家，热情的主人为我们端上了醇香的酥油茶，传统的藏式木柜上是电视机和 DVD 机，电视里清晰地播放着西藏电视台的节目。昔日的珞巴山寨已然远去，唯独墙上悬挂的珞巴弓箭和兽皮服饰似乎还在向人们诉说着珞巴人的过去。

达瓦家

看着记者惊讶的表情，达瓦笑了，指着家里的摆设说，以前一直住在深山的树皮屋，屋里除了一个"火塘"和几张兽皮以外，什么也没有，现在冰箱、电视、洗衣机这些现代化家用电器在村民中相当普遍。"搬下来和没搬之前，有着天壤之别。这几年，国家对人口较少民族的优惠政策越来越多，现在我们盖房子国家有补贴，道路修到了家门口。前两年我们这个村随着人口的增长，耕地还是不够，在县委、县政府和援藏省市的大力扶持下，买了三百多亩地分给我村。就说喝水吧，自来水也拉到了家门口，现在生活确实是没说的。"

达瓦说，过去想得最多的是如何吃饱肚子，生存下去。现在天天都在想如何利用民族特色、观光农业让所有珞巴族人过得富裕。去年珞巴传统民族服饰申请了国家非物质文化遗产，擅长狩猎的达瓦，收起了弓箭，带领村里人成立了民族歌舞表演队，自己当起了导游，每年接待许多来自国内外的游客。达瓦说，去年，才召村人均收入达到了4410元。

我们告别达瓦的时候，达瓦的爱人亚日悄悄地告诉我们同行的女记者，达瓦从上海参加完"全国村官论坛"刚回来，他们还准备建个珞巴人的网站，专门介绍珞巴族的风土人情，向世人展示世界屋脊一个古老民族的变迁。

（郑颖　才让多杰）

第二十七篇　蔬菜大棚引领藏家新生活

　　初春的雪域高原，到处是一片生机勃勃的农忙景象，各种农机的轰鸣声与辛勤耕作的农民们的歌声声声入耳，演绎着新时代浪漫神奇的田园风光。

　　从西藏第二大城市日喀则出发，沿雅鲁藏布江驱车往东 20 公里，我们来到日喀则蔬菜种植基地——年木乡夏胡达村，采访蔬菜种植能手、村支部书记丹增。

　　掀开挂在温棚上的厚厚门帘，我们见到了高个子、头戴毡帽、身穿着藏式氆氇外套、满脸笑容的丹增。他带着我们参观大棚内一排排绿油油的西瓜秧苗，黝黑的脸颊上挂满了一道道喜悦的皱纹，就好像一位得胜的将军检阅自己的队伍。他介绍说，他家的菜一般在西藏农耕年之前就全部销售完了，开春时再种西瓜。2008 年，他们一家仅种瓜菜就挣了五万多元。现在种植的绿色蔬菜根本不愁销路。

　　性格开朗的丹增没有忘记几年前刚开始发展蔬菜大棚种植时所遭遇的挫折。2003 年，看到人们对绿色食品的喜爱，丹增连同村里几个思想比较活跃的村民，一下子承包了 54 亩土地，购买材料，建起大棚，种植土豆、莲花白、青椒等几种常见的蔬菜。正当丹增他们准备甩开膀子大干一场的时候，夏胡达村谣言四起："睡在大棚里会死人的"、"杀虫保菜背佛理"……有些村民不理解，趁着夜色砸坏蔬菜大棚。当初与他一起种植蔬菜的几位农民，也挡不住闲言碎语的压力，渐渐跟他疏远起来。丹增非常恼火，但也只能默默忍受。

　　说到此事，丹增扭头回望身后的爱人普尺，半开玩笑地说："那时，不但村里人反对，连我家的阿妈也瞧不起我。"腼腆的普尺低着头，嗤嗤地笑着说："我们历代种田为生，突然听说把土地拿去种菜，我觉得他是异想天开，害怕不但粮食没有收成，连牲畜的草料也得不到保障。"

丹增和爱人普尺

2004 年，困难中坚持下来的丹增，初获蔬菜丰收。他带着自家大棚种植出来的新鲜蔬菜，第一次走进日喀则菜市场。还没等他摆完摊，众多市民纷纷抢购。不到一袋烟的工夫，菜卖完了，头一回卖就挣了 4500 元。丹增说，看到自己的坚持获得了成功，那天晚上他高兴得难以入睡。

丹增种植蔬菜的榜样效应迅速在夏胡达村传开。很多村民纷纷要求加入蔬菜种植行列。今年四十多岁的多朗就是其中的一位。多朗说，以前听说过种菜致富，但是从没有亲眼见过。现在靠种植蔬菜致富的榜样就在身边，再没有不信的道理。加入种植蔬菜瓜果行列的他，去年仅种西瓜收益就达三千多元，今年种植的大棚也增加到了三个。

如今，夏胡达村一百多户农户家家都拥有了自家的大棚。蔬菜瓜果种植品种也从过去的三种增加到了几十种，实现了"冬种蔬菜、春种瓜果"的种植模式。随着蔬菜瓜果种植规模的扩大，夏胡达村还办起了无公害蔬菜公司，实行了公司化经营。在没有种植蔬菜之前，这个村年人均收入是 996 元，调整结构种植蔬菜以来，2008 年夏胡达村的年人均纯收入达到 5332 元。

（罗布次仁）

第二十八篇 边巴多吉甜蜜的"苦恼"

藏族的毛织技艺有着悠久的历史，最为出名和最具有代表性的是江孜卡垫。边巴多吉的家就在江孜古城，母亲一家世代以织卡垫为生。边巴多吉从12岁就开始编织卡垫，直到现在做了江孜卡垫厂的厂长。

江孜卡垫

卡垫，就是藏式坐毯，是藏区寺庙、宫室、民间、帐篷里不可缺少的用品。边巴多吉厂长带我们来到编织车间，让我们亲眼见识了江孜"卡垫"的制作流程。他说："江孜卡垫和其他地区不一样的地方是上面画的图案。织工能看着这个直接在下面织出来，钩法不一样。江孜卡垫从最初的棉毛线开始，到最后都是手工，出来的质量是不一样的。"

边巴多吉自豪地告诉我们：江孜卡垫根据羊毛特性，形成独特的打扣编织工艺，结构紧密，色彩艳丽，多以龙、凤、鹿、花草为图案，具有浓郁的藏族艺术风格，是最富盛誉的西藏手工艺品，与波斯地毯、土耳其地毯同列为世界三大名毯。

边巴多吉小时候看到母亲和姐姐编织，觉得那些没有色彩的羊毛团在手里捻成线，染上色，任由自己钩来织去变成美丽图案真是神奇，莫名的喜爱油然而生，便也一头扎了进去。当他第一次成功织出一幅栩栩如生的老虎图时，不仅得到妈妈的赞许，也让边巴多吉自己对编织有了更大的兴趣。他回忆说，母亲本来愿望是让他读书，但他要织卡垫，没想到这一辈子就和卡垫打上了交道。

45 年过去了，边巴多吉从卡垫世家走进工厂，从一名编织技工成长为技艺高超的卡垫专家、企业厂长，在一块块卡垫中编织出自己的理想和人生。他说："进厂以后，跟师傅学了 4 个月，织出的小猫图案的作品，栩栩如生，家里看了以后特别高兴，认为有前途。厂里也指定让自己做技术老师，给工人传授技法，自己觉得选择没错，都挺高兴的。"

聪明的边巴多吉后来被委以重任，逐渐走上企业管理的位置。但他内心却依然对卡垫编织情有独钟，难舍难分。他说，当初厂里让他做会计、保管员，他不愿意干，还是愿意搞技术编织卡垫。后来做了厂长，看到人家织卡垫，心里还痒痒。他说感觉最强烈的就是看到别人织不好，他就恨不得说这个活儿应该这么干。

作为西藏独树一帜的民族手工艺术品，江孜卡垫不仅全国闻名，还吸引了欧美和日本、印度、尼泊尔等国家的客商前来订货。边巴多吉很自豪："生意上的汉语基本都能听懂，多少钱，多大。现在不用推销，根本不用出去。外宾进来，直接到厂子来，直接谈。上门生意。"

现在产品供不应求，生意红火，卡垫厂没有一点库存，连展品都不全了。但边巴多吉却常常陷入苦恼之中。江孜卡垫是纯手工艺品，最讲究的是编织技术。现在产量上不去，规模无法扩大，主要是缺少好织工。他说，卡垫这门传统技艺也面临着传承问题："现在高中毕业开始学，年龄偏大，再加上外面的花花世界，他们面对织机坐不住。现在很多人织肯定没问题，但能织好的不多，这样这门技艺慢慢会失传。"

江孜卡垫受欢迎还有一个原因，就是它用的多数染料都是从当地的树叶、草根和矿物中提炼出来的。这种自制的染料色泽鲜艳，经久不变，具有浓厚的高原情趣和独特的民族风格。但现在这种染料的制作方法也几乎失传。

边多厂长

边巴多吉厂长多次向有关方面提出建议，要赶紧抢救自制染料技术。让他感到欣慰的是，现在西藏大学已经专门成立了恢复传统染料小组，拉萨市政府也已经将此列为保护研发内容。

　　边巴多吉厂长相信，江孜卡垫，凝聚着藏族悠久历史和民族特色，融汇着雪域高原千年文化的积淀，这朵藏民族工艺宝藏中的"奇葩"一定会在西藏长久盛开。

（明慧）

第二十九篇　老兵夏爱和愿作高原格桑花

在日喀则城南一个普通的社区，一群藏族老乡围着一名军人热烈地讨论着。

"新的春耕生产马上就要开始了，有什么问题尽管提。大家不要客气，我们是一家人。"

"水渠的事、特困户的事、绿化的事，三件事今年都给大家给办了。"

夏爱和，西藏日喀则军分区司令员，黝黑的皮肤完全像一个正宗的藏族汉子。

夏爱和的家乡在天府之国的四川，从 20 岁当兵入伍到西藏已经整整 33 个春秋。从海拔 3100 米的林芝到 3600 米的拉萨，再到海拔近 4000 米的日喀则，一路军旅生涯走来，夏爱和也从一名普通战士成为军分区的司令员。驻地变了、职务变了，不变的是夏爱和与当地藏族群众解不开的亲情。

曲夏社区是西藏日喀则军分区的帮扶点，也是司令员的"定点"。春天播种种子够不够？秋收的时候人手足不足？夏爱和都要逐一去询问，制定出详细的帮扶计划。五十多岁的人蹲在地里手把手教村民改良种养技术，发展蔬菜种植和藏香猪养殖。曲夏社区认识不认识的人都管夏爱和叫"老兵"，夏爱和说，希望自己是高原上盛开的格桑花，能给当地百姓送去幸福和吉祥。

在日喀则，像曲夏这样由部队对口支援的农村建设示范点有 28 个，分布在 18 个县。连帮村、排帮组、班帮户，建沼气池，修引水渠。夏爱和说，今天这种军民鱼水情是从十八军进藏开始的传统，自己到部队来，就接受"视人民为父母、视驻地为故乡"的教育。

记得刚当兵的时候，有一次，夏爱和发现前两天刚送去的种子被藏族群众换成了青稞酒，送去的仔猪嗷嗷直叫就要被宰杀，夏爱和心疼，赌气抱着小猪仔儿就走。回到连队，指导员又陪着他把小猪仔儿给藏族群众送了回去。由于语言不通，只能用一些简单的手势。老百姓对他们怀有戒心，不信任也不理解，不知道他们这是要干什么。

　　这件事震动了夏爱和，他开始利用业余时间学习藏语。

　　从最初的比比划划到听懂藏族群众的话，再到能说简单的藏语，夏爱和这个方言极重的四川兵着实下了番功夫。在他们的帮助下，曲夏村青稞的亩产翻了两番，达到了二百

夏爱和接受记者采访

多公斤；部队搭起了塑料大棚帮助藏族群众种植蔬菜，藏家人不仅在冬天吃上了新鲜的蔬菜，街头破天荒出现了卖菜的藏民。

　　藏族同胞捧来了酥油茶，向他们敬献洁白的哈达，一看到部队的战士，就像看到亲人一样，总有说不完的知心话。

　　一碗酥油，是由千滴牛乳制成的；一碗糌粑，是用万滴汗水换来的。这浓得化不开的亲情温暖着藏族同胞，也温暖着战士们的心，让夏爱和难以割舍。原本以为到西藏当兵，只是人生路上的一个驿站，却一停再停，直到今天竟舍不得再离开了。他说："没想到在西藏生活了三十多年，以至于留下来就不想再走了。为什么？因为藏族群众非常淳朴，他们对解放军、对汉族同志是真心实意的。"

　　走进夏爱和的家，雪白的墙壁上挂满了西藏民俗的照片，有张照片特别引人注目，是位神采飞扬的汉族姑娘。

　　夏爱和说，这是她的女儿，在内地医科大学读研究生，立志毕业后到西藏工作。夫妻俩心疼孩子曾经劝过她，女儿反问爸爸，三十多年，你也不是

也过来了吗？讲到这儿，夏爱和的眼中泛起隐隐的泪花儿。女儿理解父亲，父亲也支持女儿。

夏爱和送给女儿一朵花，那是高原上最普通的格桑花。父亲对女儿说，那是西藏人最喜欢的花，因为他们相信格桑花能带来幸福和吉祥。那也是这个在西藏生活工作半辈子的"老兵"最喜欢的花。

（陈鸿燕　陈钟）

第三十篇　在那"黄刺树"生长的地方

"结巴"这个发音在藏语里是"黄刺树"的意思，小多列的家就在这个生长着"黄刺树"的地方。

从雅鲁藏布江上的泽当大桥看过去，通往乃东县结巴乡结巴村的柏油路，在青藏高原明媚的阳光下，像一条黑色的绸带一直延伸到远方的山间。这条路当年是西藏第一条乡与村之间对接的柏油路。

这样的"第一"，结巴村还有很多，最著名的就是 48 年前这里诞生的全西藏第一个朗生互助组，就是翻身农奴互助组。而我们要采访的小多列书记，当年就是朗生互助组的成员之一。

结巴村的房子错落有致，在蓝天的映衬下显得高大、挺拔。推开小多列家的院门，迎出来的老人，戴着棕色的藏式礼帽，紫铜色的面庞，个子不高，看上去有点瘦但很结实。他就是小多列，与我们路上遇见的藏族老人没有太多的不同，两鬓露出来的几缕白发和额头上深深的皱纹仿佛在告诉我们，这是个经历过风霜，见证过历史的老人。

小多列说："这是桑嘎庄园的院子。1999年左右，按宅基地分给了自己，有 230 多个平方米。"

记者问："这在村里算大算小？"

小多列说："中等的。1999 年在这里建的房子，建了八九年了，六个人

小多列老人

九间房。以前家里经济条件有限，后来逐渐改造，改造过三次，明年准备上面再盖一层，二层小楼。"

小多列说，真是想都不敢想，当年在桑嘎庄园做农奴时，根本就不敢靠近这个院子。可现在，自己家宽敞明亮的九间大房子就建在当年桑嘎庄园的院子里。民主改革，让翻身农奴挺直了腰杆，做了主人，拥有了美好的家园。

老人说，现在不光是人住得好，连家里养的猪、牛、羊也都有各自独立的圈舍。50年前，一家人住的地方，还不如现在的牛棚，低矮、阴暗。他说："以前的房子房门特别低，没有窗户，阴暗。房顶特别矮，这些墙角都是露出来的，漏风漏雨，既不挡风也不挡雨，当时一家四口人都打地铺睡，一个床都没有。"

50年前的小多列一家像村里的大多数人一样，"只有身后的影子和地上的脚印"属于自己，是民主改革改变了小多列一家，也改变了全村人的命运。

小多列老人回忆说，农奴们第一次分到了土地，彻夜欢歌，很快成立起第一个由农奴组成的互助组。一年下来，互助组粮食不仅能够自给，而且有了余粮。

《砍柴》

在结巴乡结巴村委会"穷棒子互助组"事迹展室内，一张标题为《砍柴》的照片，记录下当年小多列真实的感受。照片里的小多列，还不到二十岁，肩扛手护一大捆木柴的他笑得特别灿烂，露出了一排洁白的牙齿。

展室里还陈列着小多列他们当年使用过的藏式犁、牛轭等农具，如今这些农具已经慢慢退出历史舞台。小多列介绍说，是改革开放让结巴村的生产力第二次解放，目前，村里除灌溉以外，种地已经全部实现机械化。他说："以前一亩地生产两百四十来斤，现在一亩地能产出两千八百多斤。化肥是国家拨的，把费用减掉，一年有两万多收入。家里6口人，总的收入38000块左右。以前贫穷的家庭，现在生活都发生了很大的变化，现在已经达到中等的水平了。"

　　站在村委会"穷棒子互助组"事迹展室，望着远处山坡上历经风雨但依然生命力旺盛的黄刺树，小多列脸上洋溢着幸福："以前过的是那样的生活，现在看新社会，过得这么好，心里真高兴。"

（丁晓兵　岳旭辉）

第三十一篇　从地域到天堂的跨越

在藏族的观念中，地狱和天堂代表一个轮回世界的两极。西藏山南地区乃东县昌珠镇克松村第四任党支部书记索朗顿珠的人生和故事，则印证了一个时代、一个族群，怎样一步步由地狱迈向天堂的历程。

索朗顿珠所在的克松村离乃东县城不远，沿途的土地都翻耕过了，星星点点地撒落着一些反季节蔬菜种植大棚。田野上还堆放着一堆堆的土肥，勤劳的耕作者们正等待着春天的到来。

离开大路，我们拐上一条乡间小路，路口立着一个牌坊，牌坊上面写着几个大字"克松：西藏农村第一党支部"。路边还有一个木牌，上面写有克松村的简介。

我们要采访的主人公索朗顿珠站在家门口迎接我们。他个子高且瘦，戴着藏式皮礼帽，虽然已经66岁了，但看上去却特别的精干。

我们一进屋，索朗顿珠立即请我们上了二楼。大家围坐在靠窗的沙发上，沐浴着高原初春的阳光。

索朗不会讲汉语，我们只能通过翻译交谈。他非常健谈，那双极为粗糙的手仿佛也带着感情的律动：有时候，微微地颤抖；有时候，用力地上下挥动。

说到民主改革前的境遇，他双手紧紧地交叉在一起，像是在使劲拉近历史与现实的距离；说到痛处时，十指环环相扣，使劲地来回搓动，手上的老茧摩擦出来的声音，仿佛是岁月的回声。

索朗顿珠告诉我们，过去的克松村是随达赖出逃境外的大农奴主索康·旺清格勒的庄园之一，这里的村民都是庄园的农奴。在克松庄园，小孩从八岁起就没有了自由，给农奴主无条件做事，所有的一切都归农奴主。索朗顿珠经历了17年的农奴生涯，一天要干四种以上的繁重体力活，稍不留神，农奴主的鞭子就劈头盖脸地抽下来。农活没做细要挨打，路上遇到农奴主没有脱帽敬礼也要挨打。有的农奴就是这样被活活打死的。

1959 年之前，解放军刚刚进入西藏的时候，当地农奴主造了很多谣言，说解放军要吃人，还要烧杀抢掠。藏族群众信以为真，都远远地躲着解放军。后来发现解放军给他们送粮食，帮他们种地，帮助他们做饭。渐渐地，他们和解放军亲近了，许多人亲手把哈达献给了解放军。说到这里，老人家一边打着拍子，一边情不自禁地用藏语唱起了解放军进村时唱得那首歌——《三大纪律，八项注意》。

1959 年，西藏开始民主改革，百万农奴翻身做了主人。索朗顿珠家也分了牛羊、田地和房屋。当年 12 月 2 号，西藏第一个农村党支部在克松村成立，索朗顿珠的父亲白玛顿珠和 4 位翻身农奴在党旗下庄严宣誓。

在克松村党支部，这个西藏第一个农村党支部的小院里，一张泛黄的办公桌上放着一盏锈迹斑斑的油灯，仿佛在诉说岁月的沧桑。几十年来，支部成员换了一茬又一茬，可是在他们心中，紧跟救星共产党，全心全意为村民服务的信念从来没有改变过。1984 年，索朗当选克松村第四任党支部书记，和前任一样，索朗不为名，不图利，带领群众一步步走向富裕路。

当时村里有 500 亩林地，他就组织农户把它们重新利用起来，购买农具，带领群众办猪场、磨面场。现在村里的群众几乎家家都住上了楼房，每家每户都有农机车辆，人均年纯收入达到 6380 元。有的家里还有油罐车、出租车，年收入几十万元。以前一年换一套衣服，还补了又补；现在过节有时一天要换三套衣服，想吃什么就吃什么。

索朗顿珠说，达赖集团妄图破坏我们来之不易的幸福生活，是永远也别想办到的，我们现在的幸福生活是谁也打不破的。

不知不觉，几个小时过去了。我们一边喝着香甜的奶茶，一边提问，并观察着周围的环境。屋檐的前面，有着一个很大的阳台，上面晒衣服和粮食，还架着一个太阳能热水器。阳台的周围，栽着不少的花卉植物。早春二月，多数植物还没有长叶开花，但那些茁壮的根茎，却分明昭示着孕育春天的勃勃生机。

（周平 张毛清）

第三十二篇　扎根西藏的白杨树

　　走进拉萨北京西路的西藏文联大院，最引人注目的是两排高大的白杨树，在高原的阳光下，挺拔的树干闪着银光。个子不高、面容清瘦、双眼炯炯有神的韩书力微笑着把我们迎进家里。他头戴黑色棒球帽，穿一件普通的黑色外套，衣领间系着一条暗红丝巾，显得时尚利落。

　　61 岁的韩书力生长在北京，1973 年，一个偶然的机会，他被借到当时的西藏革命展览馆帮助工作，这是他第一次走进这片神秘的土地。时隔 36 年，韩书力对当时的情景依然记忆犹新："我记得来西藏的当天下午，就跑到八角街去看大昭寺，看金顶，看老百姓、民情风俗。一个礼拜以后，西藏展览馆就把我们派到乡下去，深入农牧民的生产、劳动的第一线去，去感受生活。我记得一个月之内我自己已经暗下决心，这地儿真好，我一定要争取留下。"

　　来到西藏的韩书力，就像久旱的树苗植入了肥沃的土壤，把根须深深地扎向大地汲取着养分。在他眼里，西藏的冰雪和石头都充满着魅力，为自己提供着源源不断的创作灵感，他深深地爱上了这片土地。

　　1980 年，凭借丰富的创作经验，韩书力考入中央美术学院研究生班，两年后又以优异的成绩留校任教。然而 8 个月后，他却突然放弃了这令人羡慕的一切，出人意料地回到了西藏。他说："我记得我教课教了 8 个月吧，我越来越恐慌了。为什么恐慌啊？就是我突然发现我找不到在西藏工作、在西藏生活、在自己的小斗室里创作的那种激情了。我就觉得好像一棵苗被拔了根，又换了土，那么的别扭，用现在话说就是突然找不到北了。不行，我一定要回到西藏。"

回到西藏，韩书力心里踏实下来，埋头创作的他也迎来了自己的艺术高峰，作品《邦锦美朵》、《佛印》等先后荣获全国乃至国际美术展金奖，并先后在十几个国家和地区举办了个人画展。

韩书力说："我个人觉得我是西藏当代文化建设的参与者，更是受益者。在藏族文化，包括我的藏族同胞、藏族同事身上，我真真切切地感到我得到很多，受的教育很多。"

随着知名度的不断提高，离开西藏，甚至离开祖国发展的一个又一个机会不断向他招手，但他都一次又一次地拒绝了。在韩书力心里，西藏已不仅仅是自己的第二故乡，它早已成为自己生命中的伴侣。他说："1992年，我去看了一下我们的老院长，也是我的恩师吴作人先生。我们这个老院长说了一句话：韩书力啊，你就嫁给西藏了。后来他的夫人萧淑芳教授解释说，你嫁给了西藏文化。我说，挺好，你们说让我嫁给西藏，我就嫁给西藏。"

"嫁"给西藏的韩书力，现在担任西藏美术家协会主席。令他欣喜的是，西藏的美术事业近年来进步很快，西藏画派在海内外的影响力也在不断扩大。韩书力说："西藏当代绘画走出大山，走向内地，乃至于走向海外，这些成绩的取得有赖于党的十一届三中全会以后西藏的宗教政策、民族政策，包括文艺文化创作上的政策。没有这种大的社会背景要想取得这样的成绩啊，我觉得是不可想象的。"

韩书力（左）接受记者采访

聊起西藏美术，韩书力总是显得那样的自信和坚毅。他说，西藏有一支老中青相结合的各民族画家队伍，一定能把西藏当代画派推向一个更高的文化层次。

三十多年来，"嫁"给西藏的韩书力几乎走遍了西藏的每一个村落，仅日喀则地区，他就去了 83 次。1984 年，在去阿里采风的途中，韩书力和同伴乘坐的卡车陷进了江里，被困七天七夜，是闻讯而来的藏族同胞把他们救出了险境。

韩书力说，每次的踏访，已经不再是单纯地为了创作，而是对雪域高原的依恋，对滋养自己成长的藏族同胞深深的感恩。"以后我又有三次带队到那个地方，我们都专门拜访一下。我们这些当年得到人家搭救的人不忘被救助之力，还想去忆念啊，去感怀啊。"

告别韩书力，再次看到那两排高大的白杨，而在不远处，一片年轻的白杨林也卓然挺立，这些来自北方的树种，在西藏的土地上照样根深叶茂。抚摸着其中一棵树干，我又想起了出门前韩书力说的一句话："在西藏从二十几岁一直待到六十岁，我个人觉得，西藏这片高天厚土对于我来讲是我的艺术的乐土，也是我生命的热土，如果说再一次选择，还会选西藏！"

（刘华栋）

第三十三篇　穿行在阿里与世界之间

西藏日报副总编辑益西加措的相册里一直珍藏着一张 20 年前的旧照片。照片里，益西加措站在灌木丛中，裹着一件旧大衣，双目远眺，蓬乱的长发被高原的风卷成了一簇。脚下的那片土地，就是生他养他的故乡阿里。每当看到这张照片的时候，益西加措心头的自豪感总会油然而生。他说，多年来，家乡给他的太多、太多……

阿里，平均海拔 4500 米，高寒缺氧，交通不便，信息闭塞，是西藏自治区最艰苦、最偏僻、最落后的地区之一。益西加措的老家就在阿里地区的日土县日松乡。

1976 年，刚刚 12 岁的益西加措受益于中央为西藏培养干部与人才的教育计划，告别高山牧场来到了陕西省咸阳市民族学院读书。他和其他二十多个从阿里地区来的学生一样，不仅不用交一分钱，学校还每个月给他们发三块钱的助学金。在那里，益西加措学完了初中和高中的全部课程。

1984 年，通过全国统一高考，益西加措考上了中央民族学院首届新闻本科专业，毕业后，学有所成的益西加措毅然回到家乡，被西藏日报社录用。他独自一人承担起了报社驻阿里的所有采访任务。他要用手中的笔和镜头，把阿里介绍给全国和世界。他回忆起当年的工作情况时说，那年代，很多县城供电只供到晚上 12 点，路也都是土路，只有一辆出租车和一辆三轮车，没有一家个体开办的商店。稿件一定要写在电报纸上像发电报那样发回去，这边的编辑部收到的就是一个像哈达一样长的电文稿。

家乡的一句谚语对益西加措启发很大："雪山是牦牛的乐园，草原是骏马的天堂。"经过一段时间的摸索后，益西加措开始将目光投向草原深处，

雪域高原格桑花　第一部分

89

脚步迈进农村牧区。在阿里工作期间，益西加措深入到每一个偏远、闭塞的村庄，走完了阿里所有的县和九成以上的村。

1990年的藏历年，当人们忙着合家团圆时，益西加措却与阿里地委宣传部副部长王惠生一起冒雪前往由三顶帐篷起家、号称"马背政府"的革吉县牧区采访。当乘坐的吉普车行驶至距离县城30公里处时，突然出了故障，他们被暴风雪围困了四天四夜。夜间除了刺耳的风声，就是野狼的嚎叫。饿了吃口干粮，渴了舔几口雪。终于在被困的第五天，一辆过路的邮政车把他们救出了困境。

就是在这种艰难的条件下，益西加措采写的《羌塘深处的"马背政府"》、《革吉的变迁》、《牧民打官司赢了县公安局》等富有"酥油糌粑味"的独家新闻陆续见报，第一次向外界较全面、深刻地介绍了阿里地区鲜为人知的变化和高原屋脊的魅力。

几年后，益西加措被组织调回了西藏日报总社。但他每年都坚持去一次阿里地区采访，哪怕是探亲、休假的时机也不肯错过。他说，要用这一年一次不变的阿里之旅，把家乡与世界的距离拉得更近一些。

益西加措

1994年，益西加措在一次回阿里的途中遇到了时任阿里地委书记的孔繁森，并同孔繁森一起深入高寒缺氧的牧业县调研。他一边为孔繁森当翻译，一边用记者敏锐的新闻意识记下了孔繁森许多生动事迹，并拍下了一组组感人至深的照片。这些照片在后来配合中央宣传报道孔繁森先进事迹时起到了重要作用，有的照片还被中国历史博物馆收藏。他说，这是他记者生涯中的宝贵财富。

益西加措从事新闻工作以来，坚持长时间蹲点采访，写出了一篇篇极具影响的报道。当记者前去采访他时，益西加措正准备出差。交谈中，我们了解到，这次他要去云南和重庆参加现代化媒体的考察会议，包括手机报等等。现在西藏日报社也已经发展成了"一报、三刊、一网"的现代化多媒体。今年，他们的电子报、数字报也都上网了，无论在世界的哪个角落都能看到西藏日报社当天发行的报纸。

如今，身为西藏日报社副总编辑的益西加措又在为西藏日报报业电子化、构建报业更具现代水准的平台而忙碌了。他有一个梦，那就是让西藏、让阿里这片世界屋脊上的土地与世界能够靠得近些、再近些……

（德庆白珍）

第三十四篇　丹增的电视人生

　　我们在西藏采访的日子，正是 2009 年藏历新年前夕，西藏电视台一年一度的藏历新年联欢晚会已经进入倒计时。

　　作为西藏电视台分管文艺节目的副台长，丹增头天晚上只睡了四五个小时。说到当时正在彩排的藏历新年联欢晚会，丹增的兴奋、自豪溢于言表，他说："在西藏，我们西藏电视台的藏历年晚会和中央电视台的春节联欢晚会是可以相媲美的。我们的立意是总结一年来西藏发生的变化和整个西藏的发展，更重要的就是通过藏历年晚会凝聚人心，鼓舞人心，展望新的一年到来。老百姓看了非常高兴，非常喜欢。"

丹增副台长

　　1971 年，年仅 16 岁的丹增被招工到了拉萨无线电厂当工人，装配收音机。这让丹增的家人自豪了好长一段时间，因为那时的拉萨，收音机对于很多老百姓来说还是个稀罕物，许多人还以为那个小匣子里有个人在说话。丹增说："当我第一次把自己装配好的收音机拿来听的时候，觉得这么一个小东西发出声来，而且是我自己亲手装的，感觉非常自豪。"

　　几年后，更加新奇的电视出现了。年轻的丹增没有想到，这个新奇的电视，竟成为他一生的事业。"我记得我们到上海少年宫去看了全国第一批彩色电视，可能也就是十几寸的，感觉就非常稀奇。当时没有想到自己会搞电视，而且搞导演。"

1977 年，丹增从西安交通大学学习无线电工程毕业回到西藏，被分配到了西藏电视台筹备小组，成为了西藏第一代藏族电视人。

三十多年前，筹建中的西藏电视台试播的节目大都是直播一些演出实况。当时全拉萨市只有两台电视机，拉萨的大多数老百姓还不知道电视是什么东西。丹增回忆说，有一次西藏话剧团在东方红影剧院表演话剧《雪山泪》，剧院里人已经满了，很多人围在外面。"我们看到这个情况以后，在转播车顶上安排了一台大的监视器，让没有票的老百姓通过这个监视器看里面发生的事，这个时候老百姓非常惊讶，说这就是里面发生的事情？"

1985 年 9 月，西藏电视台正式成立，丹增也伴随着西藏电视发展的脚步，从一个新人成长为电视台的骨干，进而进入台领导班子，成为电视的领军人物。让丹增倍感自豪的是，经过他们的不懈努力，西藏电视台跳越式发展，目前，光是藏语就有二十多个栏目。丹增说："从西藏藏语卫视上星以后，我们已经 24 个小时不间断地播出。少数民族语言不间断播出，这在全国还是第一个。"

现在西藏电视台的节目已经覆盖全区，80% 的老百姓都能看到西藏电视台的第一套藏语节目，甚至东南亚一些地区也能看得到。

作为西藏第一代藏族电视人，丹增认为电视是西藏老百姓一个不可缺少的工具。他说："西藏这种特殊的环境，特殊的历史背景，过去百万农奴没有上学和接受教育的权利，西藏整体的文化素质比较低，看不懂文字。电视可以通过形象性的东西，让老百姓通过电视画面来增长知识，来了解国内国外发生的一些事情。"

丹增说，通过电视镜头，他发现西藏人民着装越来越艳丽，人们脸上的笑容越来越灿烂。"过去在民主改革之前，我们想的是怎样生活，怎样生存，现在我们从电视里感受到老百姓想的最多是怎么样通过我们的双手来建设家乡。"

（才让多杰 郑颖）

第三十五篇　军嫂尼玛的幸福生活

在林芝县劳动局医保中心，前来办理医保手续的人们总能看到藏族姑娘尼玛德吉满脸笑容，热心为大家忙前跑后。大家问尼玛为什么每天都这样高兴，她说我的生活这么幸福，为什么不高兴呢。

尼玛觉得幸福的源泉是因为自己有个温暖的家。她说："家乡的人现在可羡慕我了，找了一个军人，他们都说挺幸福，我也觉得挺幸福的。部队军人家属也有特殊的照顾，有什么困难，他们会第一个考虑。"

尼玛德吉原来的家在雅鲁藏布江中的一个小岛上。由于年年发大水，村子经常被水淹。看着被大水冲走的牛羊，辛苦一年的父母就会流下着急的眼泪。而尼玛和村里的孩子们则会往江边跑，因为他们知道每到这个时候都会有解放军叔叔开着运输船到小岛来，帮助村民抢运粮食和牛羊。尼玛说："我们村子里有什么困难，解放军都会来帮忙。如果没有他们的话，那我们羊啊、牛啊全部都冲到雅鲁藏布江去了。"

不久，在当地政府和部队的帮助下，尼玛和其他乡亲们就搬迁到林芝县达子乡巴纳村。有了肥沃的土地，没有了水灾，村民的生活安定下来。解放军又在村里开办夜校，帮助村民补习文化知识，传授生产技能。村民搞起了农副业生产，做起了木材生意，大家很快就富裕起来。尼玛家也盖起了楼房，买了收割机和小汽车。

1993 年，尼玛高中毕业后录取到镇卫生院当了一名卫生员。卫生院与林芝军分区一墙之隔，这让尼玛有了更多接触了解驻藏军人的机会。一个偶然的机会，她与林芝军分区干部张文恒相识。尼玛幸福地回忆起当时的情景："我和我表妹在河边洗衣服，当时他在河边，我以为他手上拿着照相机，就把他叫过来，让他给我们俩照相。他过来了，一看他手上拿的是收音机。就这么认识的。"

1997 年，尼玛与林芝军分区新闻干事张文恒结婚。藏族姑娘的善良、真诚，温暖着苗族军人张文恒。十几年来，在尼玛的全力支持下，张文恒把全身心投入工作，冒着生命危险，跑边防、上哨卡，十几次走进雪域孤岛墨脱采访，多次身受重伤与死神擦肩而过。他出色的表现多次受到部队的记功表彰。尼玛说："我一个作为一名军人家属，我要支持爱人的工作，他有什么困难我都会支持他。每次他出去以后，我都祈祷他平安。"

婚后的尼玛不仅努力做个好妻子，还在爱人张文恒的帮助下，看书学习，了解外面的世界，开阔自己的视野。不久，她就从乡卫生院调到了县劳动局医保中心。热心肠的尼玛帮助了许多人，她说："干什么工作我从来没有偷懒。有些病人掏不起钱我自己也愿意掏；有时快下班了来个病人，我先给他看病，自己工作越做越好。"

为了看看西藏外的世界，尼玛和丈夫一起，利用休假的时间，到全国各地去旅游参观，她要看看自己的家乡与其他地方有什么不同。尼玛说，以前没有去过的地方都去了，以前没见过的东西都见了。她很喜欢昆明、海南和成都这些地方，她说："出远门去看一下，才知道国家对西藏支持太多了。有些藏族人不知道的，要带到内地去看一下，他就会明白，到处都是国家的投资，上亿元说都说不清楚，就像雅鲁藏布江的水一样多。"

如今的林芝，建起了飞机场，只要几个小时就能从西藏飞到全国的各大城市。尼玛说，西藏离北京越来越近了！看着家乡的巨变和祖国大家庭的日新月异，尼玛经常问旧社会做过奴隶的妈妈爸爸，现在的生活幸福吗。

尼玛说："我觉得生活太幸福了，要什么有什么。以前你想吃个糖，真的吃不到。我跟妈妈说，比这个幸福还有没有，妈妈说越来越会幸福的。"

（陶宏祥）

第三十六篇　山林里走出的党代表

在青藏高原之上，喜马拉雅山南坡，生活着被称作"雪域之子"的珞巴族。这是我国人口最少的民族，总人口只有两千多人。直到 20 世纪 50 年代，珞巴族还处于原始社会末期的家长奴隶制阶段，生活在西藏封建农奴主的统治下。这次采访中，我们结识了一位珞巴族女性的代表——小加油。她的经历形象地折射出了珞巴族 50 年来的历史变迁。

通往西藏山南地区隆子县斗玉乡斗玉村的山路，不知道转了多少道弯，才转到斗玉村口。隐藏在大山深处的珞巴族聚居地，水泥路干净平坦，整齐气派的新房，在蓝天、阳光和雪山的映衬下，格外醒目，让人的眼睛和心情都随之豁然一亮。

小加油

我们要访问的小加油就住在村口。这位名字音译后听起来有些特别的珞巴族女支书，身材高挑，步履轻盈，安详的神态中略带有些腼腆，一点儿也不像 55 岁的年纪。

小加油住的是一栋土木结构的两层楼房。一进门，她直接把我们领到了二楼客厅。从宽敞明亮的客厅看出去，远处的山峰和树木在下午的阳光下呈现出明暗不同的色调，悠远而神秘。

客厅里最醒目的位置挂着三张照片，一张是身穿军装头带军帽的毛主席照片，另两张分别是党的十六大和十七大时，胡锦涛主席与小加油在人民大会堂的合影。

小加油说，她做梦也想不到，她这样一位50年前还跟随父母生活在山林里以游猎为生的珞巴族妇女，今天不但住上了这样宽敞漂亮的楼房，还能到北京，跟国家领导人一起讨论国家大事。她说："我十岁的时候父母就不在人世了，过着做牛做马的生活。民主改革50周年以后，现在在党和政府的关心支持下，有自己的田，有自己的牲畜，过的是非常舒心的生活。现在住的房子以前想都没有想过。"

珞巴族人口仅有两千多人，大部分居住在雅鲁藏布江大拐弯处以西的高山峡谷地带。小加油所在的山南地区隆子县斗玉村地处中印边境，长期以来，交通不便、信息闭塞。虽然当时年纪很小，但是小加油至今还记得那时生活的艰难。她说："村里根本没什么耕地，主要是以打猎为主。没有家养的牲畜，没有骡马道，所有的用品全都靠人背过去。"

1973年，在党和政府的帮助下，珞巴人走出山林，开始定居生活。而改革开放后实施的定居工程，则彻底改变了珞巴人的生活方式。小加油说："1973年以后，自己种地自己可以享受产品，生活上面有了很大的转变。改革开放以后，珞巴族2006年开始安居工程，以前老百姓住的房屋特别小，从安居工程实施以后，大部分老百姓都住上宽敞明亮的房子了。"

2002年，带领斗玉村妇女共同致富的小加油引起了各级领导的关注，她从乡亲们中脱颖而出，连续当选为党的十六大和十七大代表，代表珞巴族群众进入我国最神圣的殿堂，参政议政。也正是在这7年里，在中央政府直接拨款的支持下，斗玉村开通了道路，架起来天线，铺上了自来水管，广大农牧民的生活发生了翻天覆地的变化。小加油幸福地笑了："当地老百姓口粮问题都解决了，每家每户都有一个蔬菜大棚。自己不用拿钱，是国家给建好直接让我们无偿使用的。养鸡场、鸡圈、猪圈，直接兑现400块。一个猪圈养两头猪以上，都是国家出钱建，我们直接使用，什么也不用出。孩子们上学都是'三包'，包吃、包住、包学费。"

小加油说，珞巴族人今天的生活是祖辈们想都不敢想的。作为珞巴族的党代表，今后她要继续为珞巴族群众服务，为西藏更美好的明天积极建言献策。

（丁晓兵　岳旭辉）

第三十七篇　将军和西藏一起成长

在郭毅力将军宽大的办公室里，拉萨早春的阳光透过办公室的窗户投射进来，照在将军刻着高原红印记的脸上，将军目光坚毅，少将肩章上的金色将星熠熠生辉。

郭毅力，武警西藏总队总队长，1976 入藏，从一名普通的武警战士成长为共和国少将。我们的话题就从郭将军 1976 年入伍那年谈起。他说："我们新训三个月以后，坐了六天的火车才到了西宁，闷罐车。然后又从西宁坐解放卡车走了四天四夜到达格尔木，调整三天，又走了六天七夜然后才到拉萨。进一次藏少则半个月，多则二十天。"

闷罐车里面没有座位，只能睡自己的背包。32 个人坐一辆解放卡车，公路完全是沙石路，每天下来战士的衣服和头全是一层白灰，连打出来的喷嚏都是很浓的沙浆。讲到这里，

工作中的郭毅力（右）

将军爽朗地笑了："现在好了，从 1985 年开始新兵进藏开始空运了，用两个小时的时间缩短了二十多天的进藏时间，先进的交通工具，叫做国防和民用一体嘛！"

交通的发展使西藏仿佛缩短了与内地的距离，现在北京直飞拉萨，全程只要几个小时。高原的早春寒冷缺氧，很少看到绿色，但市场上蔬菜供应还是很充足。郭毅力将军说起当年他们对绿色的渴望："我们对鲜菜的饥渴到了什么地步？每年三月初一开春，我们在外面开一块地，然后种上几块地的小白菜。在小白菜刚刚出土不到两厘米的时候，我们就把它连根拔起来，拿水泡后煮上一锅不带油、只放盐的清水白菜，全连会餐，像过节似的。"

由于长期没有维生素补充，战士们开始掉头发、嘴唇开裂。郭毅力当兵的头三年嘴唇上开裂的口子就没好过，脸上的高原红非常明显，嘴唇发紫。将军半开玩笑地对我们说："我家祖宗三代都没有掉头发，就我独一无二，头发掉到了头顶。"

郭毅力（右）与西藏自治区领导在珠峰大本营
庆祝北京奥运圣火胜利抵达珠峰

面对各种艰难困苦，军人的性格是永不服输。就像将军的名字一样，毅力能够战胜一切。郭毅力将军说到他把冬季蔬菜种植技术引进西藏时，脸上洋溢着胜利的喜悦。他说："我在当后勤部长的时候干了两件事情，到现在我记忆深刻。第一是我到内地取经，把樱桃西红柿的秧儿带回来，在我们农场试种成功，现在西藏的樱桃西红柿都是从我们武警部队出去的。再一个就是黄瓜嫁接大棚技术，西藏农副种植业的先河就是在我们这个地方开始，整个西藏普及了大棚蔬菜，到现在保障了西藏蔬菜供给的80%。"

武警西藏总队为建设"小康西藏、平安西藏、和谐西藏"做出了突出贡献，先后有120多个集体、300多名个人被国务院、中央军委、西藏自治区政府表彰为先进。

三十多年的军旅生涯，郭毅力见证了武警部队从小到大，从单一装备到多种装备，从执行单一的看守看押任务到现在的处突反恐、执行多样化任务的变迁。说到维护国家安全和社会稳定、保障西藏各族人民安居乐业的职责使命，郭毅力将军的目光更加坚毅。他说："我也经历过边境地区的反分裂斗争，我也策应过国家安全机关、军事情报机关，抓获过一些重大的潜入潜出分子。有几次差点儿把生命奉献给国家。30年的西藏经历，我对西藏产生了深深的感情，不管我在西藏吃了多少苦，我都是无怨无悔！"

（孙崇峰）

第三十八篇 藏语曲艺大师土登的追梦人生

在今年藏历新年的电视晚会上，土登和姜昆联袂为藏区群众献上了相声《姜昆开店》，这很快成为藏区街头最津津乐道的相声段子。这次藏汉曲艺名家的同台献艺，创造了藏语曲艺史上新的亮点，也让土登这位有着65年藏语曲艺表演历史的老人激动不已。

土登说："姜昆老师作为中国曲协的党组书记，一直非常关心和重视西藏曲艺事业的发展。《姜昆开店》是我和他的第一次同台演出，也是最后一次了。"

土登1934年出生在旧西藏封建农奴制下一个小石匠家庭。7岁那年，为了躲避世袭的劳役，父母狠下心将他送到拉萨贡德林寺出家当了小僧人。在寺院里，这位石匠的儿子却机缘巧合，接触到了艺人说唱的喇嘛玛尼，听到了格萨尔艺人说唱的《格萨尔王》。尽管上层贵族为僧人制定了种种禁律，但传统艺术散发出的魅力却让土登如痴如醉地偷偷学艺。他说："当时寺庙里是不允许说唱'格萨尔'的，可是看过、听过这些艺术，就不自觉地被他们生动的表演和丰富的内容吸引。我经常趁附近贵族家主人不在时，偷偷跑去和他们家的佣人聚在一起学唱'格萨尔'，我们都是藏戏和'格萨尔'迷。"

土登在舞台上表演

1951年，西藏和平解放，土登按捺不住对曲艺的热爱，离开寺院走上了藏语曲艺表演的道路。他潜心钻研藏族说唱艺术，从瑰丽的西藏民间艺术中汲取创新的力量，用身边的新人新事赋予传统曲艺新的内涵。

1956 年，西藏自治区筹备委员会正式成立，土登参加了庆祝表演。讲到这一段历史，年近耄耋却精神矍铄的土登从骨子里透露着高兴劲，时隔 55 年依然记忆深刻、回味无穷。他说："现在想来这是我最光荣和幸运的时刻。我觉得这就是民改前和民改后的一个重大变化转折。因为之前，我再怎么学习曲艺，也根本没有发展的环境，但是加入革命以后，却给了我的选择一个很宽阔的道路和明亮的前途，可以说让我学有所用。"

1960 年，西藏民主改革后的第一个藏历新年，土登用在电台上表演"折嘎"的形式给拉萨市民送上了新年祝福，也将藏语说唱艺术带上了大雅之堂。在政府的大力扶持下，曲艺协会、民族歌舞团曲艺队等艺术团体纷纷成立，土登和同事们一股劲儿地将"折嘎"、"喇嘛玛尼"、"格萨尔"等西藏说唱艺术的重要门类都搬上了舞台，一人说唱的形式也创新到了两人、多人。

土登说唱格萨尔

1987 年，土登随中国西藏音乐艺术团赴英国伦敦参加在伊丽莎白皇宫举行的"国际宫廷音乐艺术节"。土登说："没有英文目录，没有英文字幕，整整 55 分钟，全是外国人，每个人都聚精会神地听着我说唱。"

土登表演的《格萨尔》史诗用独特的文化魅力彻底征服了英国观众，他那植根传统精粹而又富有时代气息的藏语曲艺散发着文化使者的光芒，四次谢幕依然掌声不止。土登说："他们什么都听不懂，为什么却这样尊重我的表演，我知道这正是因为他们了解《格萨尔》作为世界上最长的史诗，给予西藏、乃至中国文艺库瑰宝的尊重和赞许。"

从出家学经的小僧人到创作了 495 部作品的藏语曲艺大家，在崭新的历史舞台上，土登不断书写着藏语曲艺艺术新的历史。西藏自治区藏语文指导委员会也对土登进行了奖励，以褒扬藏语曲艺的繁荣对推动藏语文学习和使用的贡献。

2006 年，为表彰这位德艺双馨的老人在推动藏语曲艺方面的巨大贡献，已经先后获得国家一级演员、中国曲协副主席等荣誉的土登，和马季、常宝华等老艺术家一起获得了"第四届中国曲艺牡丹奖终身成就奖"。老人对自己的事业感到了前所未有的幸福，他说："现在回想我的一生，我没有实现父母希望我成为一个虔诚僧人的愿望，但我作为一名曲艺人员，我没有辜负政府和群众对我的期望。"

（德庆白珍）

第三十九篇　高原天路的守护者

　　越野车出拉萨经日喀则，只开七八个小时的时间就到了中国和尼泊尔的一级通商口岸，也是西藏最大的陆路通商口岸——樟木。张斌说，这么短的时间能到樟木，在 20 年前他刚入伍时是不可想象的。"我们那时经冬古拉、雪古拉，过渡口，要三四天。坐的车辆都是大货车，人货混装。当时樟木都是土路，路比较窄，晴天一身灰，雨天一身水。"

　　张斌，武警交通部队一名普通的大队长，20 年来一直守护着西藏唯一的一条外贸公路。武警交通部队不仅是高原天路的建设者，也是守护者。新中国成立前，西藏 120 多万平方公里土地上基本没有公路。1950 年开始，武警交通部队的前身——解放军基建

大队长张斌

工程兵，经过 4 年苦战，于 1954 年同时修通川藏、青藏公路。近 40 年来，部队为西藏修建、改建等级公路 5000 多公里，建设桥梁、隧道、涵洞 3600 多座。

　　张斌的工作是负责道路的养护保通，一年四季，不论晴天、雨天都要坚守在现场。部队住的是帐篷，棉布帐篷容易烂不挡雨，塑料帐篷像蒸笼不透气，天气热里面也热，天气冷里面也冷，条件十分艰苦。

樟木位于喜马拉雅山脉南坡，海拔2200米，气候温暖潮湿，夏季丰沛的降雨，给道路养护造成很多困难。张斌说，因为是唯一的外贸通道，一旦不通，他们就要马上抢修保通，否则时间越长造成的经济损失就越大。他说："这里地质发育很不稳定，见水它就泡涨，容易形成泥石流、滑坡，容易断通。我记得最危险的时候就是2003年的8月份，当时不到一个星期就从山地下的一个脸盆大的缺损部位冲开160米，我们采用铅丝笼子做防护，不到十天就把防护做好了，20日交的工，440方。可到8月21日的时候，全部被冲垮。我当时带领6名战士爬上半坡，拿空压机打炮眼，正打着，上面垮了，60米宽，160米长全是泥石流。"

张斌回忆说那次真是惊险。6名战士有5名脱险，一名战士跑得稍微有些迟缓，石头下来贴着胸脯飞了出去，衣服划烂，下巴划破被缝了3针。由于滑坡的冲击力大，张斌被两块石头挤在了中间，最后硬生生地爬了出来，才捡回了一条命。

担负公路养护任务也会遇到生命危险这是让人始料不及的。张斌淡淡一笑说，二十多年的公路养护这都是家常便饭，他们已经习以为常，为了更好地保障全年畅通，他和战友们摸索出了一整套经验。张斌说："我们这几年有几个养护的经验，第一就是勤上路。一年四季天天在路上转，哪个地方有问题我就在哪个地方转，出勤率达到90%以上。第二是选好料，不能冬天夏天一个料，我们冬季夏季分清楚，冬季用细料夏季用粗料，这是选好料。第三就是常排水，现在水洞都修通了，森林地带那个烂树叶，枯树枝容易形成堵塞，你要及时的发现，及时疏通。"

不仅是樟木这条外贸公路，还有川藏公路、青藏公路，正是因为有了张斌和他的战友们四季守护，才得以全年畅通。西藏各族人民正沿着这一条条幸福大道，奔向富裕安康。

（孙崇峰）

第四十篇　幸福快乐的白玛一家

　　一走进白玛家的二层楼房，眼前的场景就让我们大吃一惊：一整头的猪肉两扇铺开吊挂在房子里，房梁上也挂满了诱人的风干肉。

　　今年40岁的白玛告诉我们，他这屋里晾着的是四头猪的肉。从小他就总是听妈妈说父母小时候日子过得如何艰难，吃都吃不饱，穿也穿不暖，整年也吃不到一块肉；我们现在吃三顿饭，那个时候他们每天只能吃一顿饭，白玛就发誓这辈子决不再让爸妈为吃喝发愁。

　　因为家里穷，白玛小学上到五年级就早早辍学了，为的是能够早点去挣钱养家。

　　1984年，改革开放的春风也吹遍了"离太阳最近"的雪域高原。生产队把牲畜、土地全都分给每家每户。但是，白玛家里劳力少。俗话说，靠山吃山，靠水吃水。白玛家所在的林芝地区鲁朗镇林木资源丰富，靠着砍伐木材，白玛家的日子渐渐有了起色。1990年，白玛家花五万多元盖起了新房。国家实施退耕还林政策以后，白玛和镇里的其他藏族同胞一样，放下了斧头，开

白玛接受记者采访

办起了农家乐旅游。2003年，白玛家开始搞家庭旅馆经营，一年收入可达五万元左右。

　　白玛向我们介绍说，他家的房子还不够大，只留有六七个床位。像他这

样一年五万元左右的收入，在全村 53 户人家中，也只能排在二十几名。为了在淡季也能挣到钱，2008 年，白玛又买了一辆东风牌大货车跑运输，日子越过越红火了。白玛告诉记者，过去他们砍伐林木，现在开始扛起铁锹种树了。2007 年，全村种了 3000 亩林地。过去由于砍树太多，风沙比较大，风景也就不美了。现在年年种树，环境一年一变样，每年都吸引不少国内外游客来观光游玩。如今不但没人砍树了，每家每户还自愿巡山，当起了义务护林员。

白玛说，只要环境保护得好，来旅游的人肯定还会多。所以，他正在建一座新房子：上面 12 间，下面 12 间，床位 40 个。

说起自己家生活的变化，白玛说，数他父母最高兴。他们说做梦也梦不到这个样子，现在的生活就像天上的神仙一样，真是太舒服了。

其实，白玛家的幸福生活才只是开了个头。如今他的两个孩子，一个被送到广东读初三，一个在林芝上六年级。白玛说，等他的孩子们长大了，相信他们的生活会比自己现在的生活不知道要好多少倍！

（张克清　雷恺　李朝奋）

第四十一篇　雪山神鹰江勇西绕

　　江勇西绕是全国人大代表。每次到北京开会，这位西藏农奴家走出的青年军官都很有感触："我们的父辈以前在农奴社会没有说话的权利，但我们这一代，我作为全国人大代表，不仅有说话权利，而且能代表普通百姓反映心声，给国家建设建言献策。"

　　我们在部队大院里见到了江勇西绕，1米8的康巴汉子加上一身笔挺的军装，浑身散发出32岁特种兵的英武之气。江勇西绕的父母在旧西藏都是农奴。爷爷被农奴主活活打死后，体弱多病的奶奶领着全家出逃，一路乞讨流浪到了现在的江达县。直到西藏和平解放、民主改革，全家才有了自己的房子和土地。他至今对小时候奶奶讲起的往事记忆犹新："几个冬天基本上没有什么饭吃，经常挖草根。有时还遇到强盗，有时候还得躲一二天。强盗走后剩下一些残羹冷饭，他们就捡那些东西吃。听了奶奶讲的这些事，当时心里觉得挺难受的。"

　　生于20世纪70年代的江勇赶上了好时代。13岁那年，在国家援藏政策的支持下，江勇西绕和千千万万藏族少年一起告别了家乡的雪山，走进了内地中学专门为他们开设的西藏班，在内地的良好环境中快乐地学习成长。他说："小时候家里条件不是很好。我记得最清楚的就是父亲教育我们说，小孩如果要有出息就得上学，不能重蹈覆辙，因为他们由于历史条件没有上学的权力。我们是比较幸运的，赶上好政策了。"

　　江勇西绕如今已经是特种兵的副营长，他说自己投身军营完全是因为儿时朴素的愿望。记忆里，秋收打粮、抗洪救灾、山林大火，冲在最前面的都是解放军，乡亲们都亲切的称解放军为金珠玛米。中学毕业后，他如愿考上了军校。

军校学习期间，江勇西绕努力上进，全面发展，是学院的标兵。临近毕业分配，学校给他这个全优生两个选择：留校任教或到成都军区机关工作。然而谁也没有想到，江勇西绕竟然选择了第三条路——回西藏。

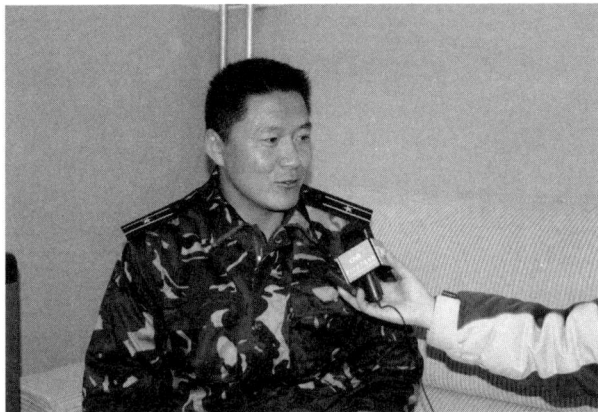

江勇西绕在接受采访

江勇西绕说，自己亲眼目睹、亲身经历了西藏所发生的巨大变化，强烈的对比让自己切身感受到藏家儿女幸福生活的来之不易，也更加坚定了自己献身国防、报效祖国的决心。他说："国家花那么大精力把我培养出来，我觉得我在西藏工作更能展现我所学的东西。尽管西藏穷，条件比内地差，提职呀可能比内地慢，但这不是最关键的，最关键的是我能回来做事情。"

江勇西绕扎根西藏基层部队，实践着自己军校毕业时的理想，并很快脱颖而出，在国际侦察兵比武中带队取得了团体第二名，为祖国和人民赢得了荣誉。

为国奉献的荣誉感深深激励着这位优秀的藏族军官。在服役的十余年里，江勇西绕光荣地加入了中国共产党，荣立一等功1次、二等功2次，被评为"中国青年五四奖章标兵"、"全军优秀指挥军官"、"全军爱军精武标兵"、西藏自治区"十大优秀青年"。2007年江勇西绕出席全军英模代表大会并受到胡锦涛总书记的亲切接见。2008年，江勇西绕当选为第十一届全国人大代表。

江勇西绕说："部队在西藏发展中发挥着很重要的作用。老百姓特别拥护解放军，称呼解放军'金珠玛米'，特别亲切。像我们家里出了解放军，就很受欢迎。哪个家里有个当兵的或者女婿是当兵的，也是很光荣的事情，别人很羡慕。"

　　如今，江勇家的四兄妹都走出了小县城。江勇西绕的大弟当上了警官，妹妹和小弟大学毕业后都当上了老师。今年春节，已经三年没有回家过年的他回到老家，家乡的变化让这位新时期军人感慨万千："这次回去盖了新房子，国家有个政策叫安居工程，我们家盖的房子特别大，面积500多平米，院子可能超过一千。以前破破烂烂的房子没有了，现在的房子都是藏式风格的小别墅。不单单是我们家变化了，我们县城所有的房子都很漂亮。"

　　今年3月28日，在西藏百万农奴解放纪念日庆祝大会上，江勇西绕作为驻藏基层官兵代表饱含深情进行了发言："作为一名在党的哺育下成长起来的新时代现役军人，我将永远铭记党的恩情和人民的厚爱，把组织交给的岗位当成报答党和人民的舞台，做出自己应有的贡献！"

（郑颖　才让多杰）

第四十二篇　为西藏绘制彩虹的人

走进西藏山南地区扎囊县阳光氆氇厂的陈列室，我们的眼前陡然闪现出一片绚丽的彩虹：一件件由五彩氆氇拼结而成的藏装、门帘、地毯、围巾、裙边，摆满了陈列室的每一个空间，其设计和工艺让每一个看过的人都赞不绝口。

氆氇，是藏族手工生产的羊毛织品，具有浓郁的藏族传统线条和图案，世世代代受到广大藏族群众的喜爱。山南地区扎囊县阳光氆氇厂是西藏目前规模最大的氆氇厂，厂长索朗仁青也被自治区命名为"民间工艺大师"。

工人们正在制作氆氇

索朗仁青出生在一个贫穷的农奴家庭。父亲和母亲都是寺庙里的奴隶，没有人身自由，每天只能吃一顿饭，而且常常吃了上顿没有下顿。1959 年，西藏民主改革时，索朗仁青刚刚出生。妈妈牵回了两头分来的奶牛，幸运的索朗一出生就有牛奶喝。

索朗仁青清楚地记得，1982 年，当时的西藏自治区书记阴法唐来江果村视察。他对村民们说，现在外面都在搞商品经济了，藏族同胞要过好日子，就得想办法走出去，闯一闯外面的大世界。阴书记的一番话，深深地烙在了当时在村里当代课老师的索朗仁青的心里。他花了 500 元钱，把村里乡亲们手工织的氆氇收购过来，再把它们打成一个包，背到日喀则去卖。这一走就是三个月，虽然赚的钱还不够他三个月的花费，但索朗仁青的脚步却从此再没有停下来。

2002 年，索朗仁青在自己家院子的空地上支起了五台织机，并从村里请来了几位工人，建成了一个小小的氆氇厂。白天，索朗仁青指挥生产；晚上，他就画图设计。很快，氆氇厂生产的氆氇不仅织工精细，而且图案新奇，色彩鲜艳，成为市场上的抢手货。厂子也一步步发展壮大，由家里走到了乡里，再从乡里走到了县城。

　　如今，索朗仁青的氆氇厂占地已达十多亩，有两幢漂亮的厂房，八十多台织机，成为远近闻名的民营企业。索朗仁青说："我热爱氆氇，胜过爱我的生命。在我的人生中，我唯一的选择就是氆氇。也许我 80 岁、90 岁就会死去，可是我的氆氇还在，它永远不会消失。"

（周平）

雪域高原格桑花　第一部分

第四十三篇　电信老兵的通讯情缘

初次拜访中国移动西藏分公司总经理助理薛平时，他正在和墨脱县营业厅的负责人通电话。作为目前全国唯一还没有通公路的县，每年大雪封山，墨脱县就会有九个月的时间与外界隔绝。中国移动在孤岛似的县城里的移动电话网络，也就格外受到拉萨总部的关注。

放下手机，薛平告诉我们，这两天拉萨阳光明媚，而地处西藏东南山区的墨脱却在下大雪。去年中国移动苦干了6个月，给这个"高原孤岛"搭建的乡级覆盖移动电话网络，现在正在经受考验。曾在当地邮电系统工作生活多年的薛平，抱怨着当年的墨脱只能靠电报与外界联络，话匣子也就此打开。

薛平是林芝部队大院长大的孩子，而父亲的驻地正是林芝下辖的墨脱县。薛平对当地通讯有着切肤之痛。他说墨脱县离林芝城不过200公里，但当时自己和父亲之间的距离似乎隔着个太平洋。没有电话，也通不了书信，自己对父亲的所有概念只是父亲三年一次回家探亲时留下的照片。他回忆说："那时没有电话，也没有电报。我父亲是三年一次休假。有个顺口溜：西藏西藏，特殊情况，三年一趟，回来欠账。从林芝到墨脱要走四天才能进去，如果当年出不来就得第二年开山才能出来。墨脱人出来了就是很大一个事情，我们都往车队跑。"

20世纪50年代的西藏只有五十部摇把电话，古老的驿站传信依然常见。被称作"阿仲"的信差们，身背黄包，马铃声声，在驿道上奔波。20世纪60年代出生的薛平，自嘲到了15岁才知道邮电局的存在："没有打电话这个概念，十五六岁才知道有个邮电局寄信在那儿，给我奶奶邮寄一个包裹要两个月。就是汽车运，没有航空啊，哪有特快专递啊。"

20世纪80年代，薛平考进了西藏邮电学校，学的是最热门的电报专业。毕业分配到林芝邮电局，薛平便开始扛着大工具包，揣着手摇电话，来回步行检修城区三公里那点儿电话线路。出城下乡，坐摩托车颠得屁股疼。一台老式的苏联嘎斯小车，是全局的心肝宝贝，只有往邻县送邮件时才舍得动用。

记者："那时林芝邮电局有多大规模？"

薛平："整个邮电局有十九、二十个人，四十多平方，摆了个小桌子，长条椅子，木式柜子，机房有个长途电话。基本上是各单位打电话。拉萨一个单位有两、三部电话就不错了。"

林芝是林区，山火常有。而碍于通讯条件的限制，当地的火警报警，最牢靠的办法竟然是原始的放烟示警，骑马报告。有一次发生了大火，报警电话在老式电话网里插转长传，结果经过两次总机转接后，信号不知所终。由于火情没能及时报告，大火烧了七天七夜，损失惨重。尽管事后查明当时值班的薛平没有责任，但他至今对那个电话网仍心有余悸。他说："现在想起来都后怕，真要有责任要坐牢的。当时我两天吃不下、睡不着。"

如今的西藏电讯通信，早就从一无所有到业务齐全，实现了历史性的跨越。截至2008年年底，雪域高原上电话村已经到了4570个，占到了总数的77%。而移动电话不仅覆盖到西藏所有县市，更是伴随北京奥运圣火，在

薛平（右二）和记者们合影

人类历史上第一次应用到了海拔5100米以上的无人地带。对于现在的林区

山火预警，薛平说："现在很多老百姓手里都有手机，就可以及时报告森警。有一次我从拉萨开会回去，走到工布江达，看见对面好像是民房着火，我赶快把车停下来，打到县里去，说哪个位置着火了。对方说，哦，刚才有人报了，消防车已经出来了，我们走到一公里，消防车拉着警报就过去了，非常方便。"

2008 年 10 月，西藏移动推出了藏文手机，藏区群众可以更加方便的使用。今年 3 月，拉萨和很多内地城市一起正式开通 3G 网络，与全国同步进入了第三代移动通讯时代！现代化的通讯技术犹如高原彩虹，为雪域高原搭起了信息交流的桥梁，服务着社会生活的方方面面。

薛平说，他从一个盼着与墨脱的父亲联系的孩子，到邮电局的发报员，从手摇电话的检修员到程控电话时代的电信局局长，如今自己又肩负着 3G 新一代移动通讯技术的推广，自己的经历正是一部西藏通讯业的发展史。

（丁晓兵　蒋琦　旺堆）

第四十四篇　布达拉宫的管家人

67 岁的强巴格桑是位言语不多的藏族老人，他是布达拉宫管理处处长，管理着这座伟大宗教圣地的一切事务，被称为布达拉宫的"首席执行官"。

几年前，十四世达赖喇嘛的二哥嘉乐顿珠回拉萨参观，发现布达拉宫管理处处长竟然是一个旧西藏的贵族后裔，惊讶地连问了几个为什么，觉得这件事太不可思议了。强巴格桑回忆起当时的情景：他们说西藏比较重要的地方一把手都是汉族，我就问他们，布达拉宫重要不重要？他说，太重要了。我说，我这个贵族管着，布达拉宫全部交给我管着。结果他一直说，真怪，这些汉族真怪。我说，你看看我没说假话吧，他笑了。

强巴格桑出身于旧西藏的"拉丁"贵族家庭。当僧官的舅舅收养了强巴格桑，舅舅是十四世达赖喇嘛的私人管家，也当过布达拉宫总管。强巴格桑经常跟着舅舅出入布达拉宫。

布达拉宫前后两次具有历史意义的大规模维修工程，将强巴格桑

强巴格桑接受记者采访

与布达拉宫紧密联系在一起了。1989 年，布达拉宫一期维修工程开工，强巴格桑被调入布达拉宫管理处工作，两年后被任命为管理处处长，至今已 18

年了。强巴格桑说，过去舅舅管的仅仅是布达拉宫的一部分，虽然知道布达拉宫需要维修，但由于没有资金，维修也就一直搁置了。

强巴格桑来到管理处的第一件事情就是整理宫殿内的文物，在此之前从来没有进行过文物登记整理工作。他说："打开仓库，我眼泪差一点都要掉下来了。为什么呢？这么多的文物堆在一起，老鼠、鸽子粪特别多。之后的三年多时间，一边搬文物一边登记造册。旧西藏没有柜子，文物乱堆乱放，现在清理造册的文物都摆放到柜子里，柜子上面编有目录。无论谁来我就让他看，我不需要解释。有人说布达拉宫的经书都毁光了，我就打开柜子，让他看看这些是什么嘛！"

为了能够摸清布达拉宫建筑的地基是否稳固，在没有任何建筑图纸的布达拉宫内，强巴格桑又带领管理处的工作人员和布达拉宫的僧人，开始了漫长而艰苦的寻找地垄工作。"地垄是布达拉宫的基础，这个地垄有裂缝，裂缝还比较大。我心里特别担心，为什么呢？这多人走在上面，它的基础不牢固不行。难度最大的就是找地垄，因为没有图纸。找到了就修，资金方面没有问题，可以保证。哪个方面出现问题马上可以维修，国家非常重视。"

强巴格桑特意带着我们到修缮后的布达拉宫地垄实地察看。他说，2002年开始，中央政府投入两亿多元对布达拉宫进行第二期维修，主要就是对基础实施加固，目前工程已接近尾声。"地垄就是这个，像咱们农村的井一样。这次我们维修以后，去年堆龙地震，我在拉萨市政府五楼开会，摇晃的特别厉害，电话不通手机不通，我特别担心，急忙赶到布达拉宫一看，没事！我心里面特别高兴，地垄基本上都加固完了。"

看着强巴格桑在又窄又陡的楼体上轻快地一路小跑，很难相信他已经是68岁的老人了。强巴格桑说，过去的布达拉宫是属于达赖喇嘛一个人，而现在的布达拉宫是整个中华民族的文化瑰宝，属于全人类，欢迎全世界的人来西藏看美丽的布达拉宫。

（张克清　雷恺）

第四十五篇　尼玛的幸福生活

　　我们正在尼玛家院子里等他回来时，一辆崭新的越野车开进小院，从车里下来的正是尼玛，皮肤黝黑，穿着传统的藏式氆氇短袍，头戴毡帽。尼玛说，为了谈业务方便，刚花了 20 万买了这辆新车。他还准备联合韩国的商人投资 4000 万，开一个山庄大酒店，在加丁村搞农家旅游。

　　边走边聊，我们跟尼玛一起走进他家。三百多平米的三层藏式小楼，雕梁画栋，宽敞明亮客厅的梁柱和家具上的藏式绘画光鲜夺目，传统中透出现代气息。

　　记者："这个太阳能花了多少钱?"

尼玛接受记者采访

　　尼玛："两千多。你看这都是科技的东西，过去烧柴火烧牛粪热水，现在用太阳能，水温是八十多度。"

　　记者："洗澡也用这个?"

　　尼玛："用的。我们 2007 年还用上了沼气。沼气也是好东西，做饭也轻松，也不用拿柴火了，做饭也快了，对环保有好处。科技的东西，不相信科技致富不了。"

记者："刚才看你家打酥油茶也是用电动的?"

尼玛："电动的。洗衣服有洗衣机,有电视,有电脑。"

记者："电脑您用了吗?"

尼玛："电脑我不会用,文化程度不够嘛!央吉和大女儿帮助我。"

改革开放后,头脑灵活的尼玛在村里第一个办起了榨油、磨面厂,跑运输致富。富裕起来的尼玛没有忘记乡亲们。1999年,尼玛被选为村主任,他把带领全村人致富当成头等大事,尼玛抓住加丁村位于城市近郊的优势,带领村民发展无公害大棚蔬菜种植。

尼玛指着厨房里的尖椒、豆角、芹菜、紫茄子、西红柿说,现在冬天吃上新鲜蔬菜也不是什么难事了。

尼玛："我的母亲说旧社会吃的是当地种的粮食,粮食是石头打磨的。种青稞、麦子,一亩地产量差的很,只能一年种一季。现在我们自己都在自己的大棚温室种菜,我们这个村是无公害蔬菜基地,土地的大面积96%是种蔬菜。种粮食的话一亩地收入300元,种蔬菜的话能收到6000元到1万元。"

记者："科技让咱们更快地致富了!"

尼玛："科技是关键。我们西藏旧社会不懂科学,脑子里面还是喇嘛,像这样的不好。科技是真的!为什么科技是真的,种子怎么下,打什么农药,这些都是实事求是,科技使老百姓的生活变化了。"

生在加丁村,长在加丁村的尼玛,见证了乱石荒滩变成美丽的村庄。尼玛说,现在全村51户中45户盖了新房。电话村、电视村、汽车村是加丁村过去的"名片",现在村年收入合计超过百万元,又多了张"百万元村"的新名片。

采访尼玛,他总是情不自禁地说出"好得很"三个字,每次说都是一脸的满足和自信。他说,因为他百分之一百地相信,今后的生活会再"好得很"!

(郑颖　才让多杰　张克清)

第四十六篇　沧桑巨变"达热瓦"

　　舞台上，西藏日喀则文工团正在用藏语表演相声《农村新貌》，它讲述的是西藏达热瓦集团请示中央是否允许购买私人飞机的诙谐故事，展现了西藏农牧民脱贫致富的喜人景象。每每看到这里，56 岁的达热瓦集团老总、农民企业家群培次仁都感慨不已。

　　群培次仁说，要不是西藏实行的民主改革，就没有今天的幸福生活，这是自己最深的感受。他说："要是没有共产党这么好的政策，公司是得不到这么好的成绩的。因为我是奴隶的后代，要是没有民主改革，你有多大的本事还是奴隶，唤之则来、挥之则去，只能低头支差。"

　　群培次仁出生在西藏一个贫苦的农奴家庭，由于父母世代为领主放牧为生，人们把他们一家人称为"达热瓦"，寓意是农奴主的牧羊人。由于父母都是农奴，从群培次仁记事起，他们家每年都承担着双份的徭役地租。名目繁多的苛捐杂税，使得本已困苦不堪的牧羊人的日子更加困苦。回想过去，群培次仁感慨万千："每年领主要拿走 70% 的收成。牛羊上山吃草要交税，给农田灌溉要交税，一头牛、羊、驴要交多少税，写的清清楚楚，日子过得很艰苦。现在别说收税，国家投大量的资金修建水渠，农民种自家的粮食国家还对每亩地进行补贴。"

　　1959 年西藏开始民主改革，群培次仁的家乡迎来了一群穿着黄色衣服、头戴五角星的叔叔阿姨。好奇的群培次仁整天跟在他们后面东奔西跑。时隔不久，在大人的赞许中，四岁的群培次仁渐渐学会了"解放军"、"共产党"、"毛主席"三个词语，达热瓦一家的命运也随着时代的变迁悄然改变。群培次仁说："民主改革不但获得了人身自由，还拥有了自己的土地、牛羊，政府甚至连卡垫、藏式柜以及粮食都分给了我们，还把我母亲家原有的房屋分给了我妈。"

13岁那年，群培次仁成为当时人民公社中最为年轻的社员。懂事的他一边参加公社劳动挣工分，一边跟随父亲学习木匠手艺，做点零活补贴家用。群培次仁说，虽然那段日子非常辛苦但是很开心，毕竟自己的劳动成果自己能够享用。"我有一次被区里派到驻地营房帮助解放军修建营房，营建队工作的三年里我在汉族师傅的教导下，学会了土木结构房屋设计和构造原理。在这期间我荣立了团级的三等功，虽然那时没有很大的物质奖励，只有一本毛主席语录和一支钢笔、一条毛巾，胸前挂了个大红花，但我觉得特别的高兴。"

1978年党的十一届三中全会的召开，吹响了改革开放的号角。随着国家出台的一系列鼓励农牧民脱贫致富的优惠扶持政策，1982年群培次带领乡里几个人组建了一个农民施工队，渐渐做起了建筑工程的生意。从无到有，从弱到强，三十年下来，从前的施工队已经发展成为资产五亿多元，业务拓展到酒店、古建、特色产业开发等诸多领域的大型集团化企业。群培次仁把企业命名为"达热瓦"。他说，现在的"达热瓦"不再是受奴役的牧羊人，已经成为远近闻名的"明星企业"，成为民主改革以来在西藏发生的众多奇迹之一。群培次仁说："以前那么多苛捐杂税，现在什么税都没有，企业只要有好的项目政府还出资鼓励。现在我是西藏自治区工商联副主席、日喀则工商联主席，国家对一个农民给予这么大的厚爱，我也要做好本职工作，不辜负国家的重托。"

如今，年过半百的群培次仁已是儿孙满堂。他的六个儿女中除了小女儿仍在就读大学外全部已经大学毕业，有的已经组成了自己的家庭并有了自己的宝宝。群培次仁的唯一希望就是儿女能将自己的事业继承下去，带领更多的人走向富裕。他说："六女儿现在在东北大学就读，我现在最大的愿望就是想让他出国学习经济管理专业，继承我的事业。"

（罗布次仁）

第四十七篇　穿军装的小学校长巴桑罗布

从林芝八一镇出发，汽车沿着山路走了二十多公里才到银久村。当我们见到鱼水小学校长巴桑罗布时，很难把这名军人和小学校长联系在一起。一身迷彩军装，英武的脸上透着高原汉子特有的慈厚，我们的到来似乎让这位藏族军官有些拘束，但当我们聊起鱼水小学的时候，他眼睛一亮，马上如数家珍。

巴桑说："这个学校办学已经近二十年了，从军区到旅再到团里都给这个学校投入了很多经费，学生的书本、衣服都是由部队保障的。"

银久村鱼水小学是部队用营房改建的，主要负责周围六个自然村的藏族孩子上学。虽然只有三个班级，但学校各项设施健全，图书室里有各种各样科普读物和动画书。巴桑告诉我们，村里边很重视，每到六一节或开学的时候，村长、书记都要来参加座谈会。现在本地适龄儿童

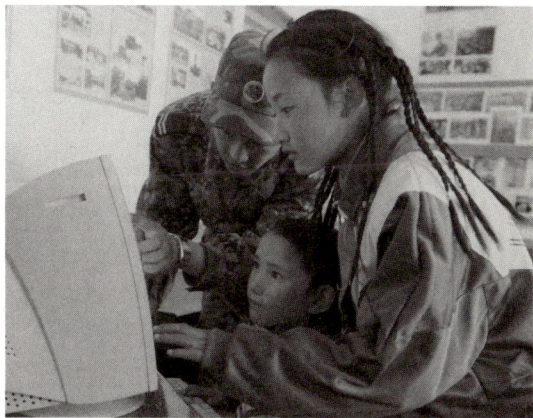

驻林芝某部战士在给同学们上电脑课

入学率达到了100%，而他担任鱼水小学校长，也是经过不断努力的结果。

刚到部队时，巴桑觉得自己文化水平低，抓紧时间刻苦学习和训练。部队领导对他这个藏族小伙儿也重点培养，想办法送他到内地去培训，后来部

队决定保送他到昆明陆军学院学习，巴桑罗布成为了一名军官。巴桑说："当兵以后，我觉得改变了我的一生。"

随着自己文化水平的不断提高，巴桑越发感到教育的重要，他希望自己家乡的孩子都能走进学校，成为一名有文化、有技能的西藏人。1993年，当部队领导为银久村鱼水小学校长选拔候选人时，巴桑下定决心要争取到这项任务。他认真参加各项培训考核，精心准备教案给孩子们进行试讲，最后巴桑以最好的综合成绩被选拔为鱼水小学校长。他说："其实当时我们选的时候，藏族干部比较多。我们试训一个月，不仅仅给小孩上课、当校长，还有村里边事情跟部队协调方面也一起搞。我处理比较好，我在那边是任劳任怨那种。"

担任鱼水小学校长后，巴桑开始考虑如何提高学校的教学水平，让孩子们在学校里能学到真东西。部队领导非常支持，从士兵中把文化水平较好的藏族战士挑选出来，送他们到其他小学进行培训，观摩别的小学老师是如何教课的。巴桑说这对教学质量的提高很有帮助："我们老师有的时候到他们那里去听课，他们的老师请教我们的教学方法。通过我们跟地方搞一些教学交流，彼此促进。"

巴桑校长在辅导同学们

在巴桑的带领下，林芝八一镇银久村鱼水小学从开始只有五名孩子到现在常年保持三个班，小学教育水平在当地七所小学中排在首位。建校十几年来，为周围村民培养了200多名学生，从这个学校走出了20多位大学生。巴桑本人也荣立了二等功，并被林芝县教育局评选为优秀教育工作者、"双拥"先进个人。他说："我最大的感触是村里人见到我经常叫我老师，很亲切。这个小学培养了不少小孩，自己做了一点点有益的事。"

担任鱼水小学校长近二十年，巴桑让村民们知道了，只有让孩子学习文化知识，才能把家乡建设得更好。巴桑告诉我们，在西藏，像银久鱼水小学还有很多，解放军从进藏起，就积极帮助西藏发展教育事业，为西藏创建了第一所学校。西藏军区官兵先后捐资修建了152所学校，帮助数万名儿童走进校园。他说："我们那时候上学，学校比较少，第二个西藏大学很少，基本上没多少选择的余地。现在，内地哪个学校你都可以报。上学路子多，学校多，教学正规。包括我们村里的小学也都一样，现在都是考勤制。"

采访结束，走出教室，巴桑指着堆满沙土的操场说，学校正在进行修整扩建，我们下次再来时，学校就会变得更好。当我们乘车准备离开时，教室里孩子们朗朗读书声还在校园里回荡。

（陶宏祥）

第四十八篇　青藏线上话变迁

　　1976 年，19 岁的农家子弟贾新华放弃父亲为他找的工作，报名参军，来到高原，成为了一名汽车兵，在青藏线一干就是 33 年。贾新华曾先后 130 多次翻越海拔 5200 多米的唐古拉山，穿梭于四千里风雪青藏线，他见证了这条雪域高原生命线的发展变迁。

　　贾新华说："我入伍的时候，青藏线条件比较落后，我们汽车兵有个口头禅，进藏完成任务有三大舒服，就是喝粥、过桥、穿皮袄。"

　　"三大舒服"的背后，是一段段艰苦岁月的深刻记忆。由于高寒缺氧，驻藏官兵经常吃夹生饭，闹肚子、得胃病成了普遍现象。完成任务回到兵站喝上一顿热乎乎的粥，就成了汽车兵的一大享受。过桥也成了一大舒服，是因为那时的青藏公路只有桥面是平坦的。至于说穿皮袄，那是因为兵站住的房子都是"干打垒"，

贾新华接受记者采访

这种土坯房屋内屋外一个温度。贾新华说："零下三四十度，实在冷得睡不着怎么办？只有合衣而卧，穿上皮大衣，把用帽子倒过来把脸也捂住，大头

鞋也不脱，把被子往身上一拉，就这么睡个囫囵觉，这一夜就算过去了。"

现在青藏公路已经由过去的搓板路、翻浆路变成了宽阔的柏油马路。汽车兵驾驶的车辆，也全都换装成斯太尔和北方奔驰大吨位的运输车。官兵们全部都搬进了水、电、暖、氧、网五通的宾馆式用房。

说起青藏线上的变化，贾新华的脸上洋溢着孩子般的笑容，那笑容纯真而灿烂。说到兴起，他还直起身子，做出各种手势，给我们比划现在的兵站有多漂亮，蔬菜大棚有多么大。

突然之间，他挥动在空中的手仿佛凝滞在那儿，贾新华陷入了沉思。他说，这翻天覆地变化的背后是高原官兵付出的巨大牺牲，青藏线平均1.8公里就有一名军人倒下。他说："有一年总后的张政委，到我们格尔木烈士陵园凭吊烈士，给我们讲了一个数字。他曾在济南军区两个集团军任过政委，这两个军都先后参加过自卫反击作战，但是这两个军在和平时期加起来牺牲、病故的人数也没有我们一个师级单位的多，足见这里牺牲是巨大的。"

说到这里，贾新华的眼中泛起了泪花。他说，青藏线被藏族同胞誉为雪域高原上的生命线，能让自己的青春和激情在这里挥洒，自己是幸福的。未来的日子里，他会继续和青藏线同行，见证和参与这条生命线上发生的变化。

贾新华说，五十年代我们修建了一条青藏公路，六十年代我们修了一条国防通讯架空明线，七十年代我们修建了从格尔木到拉萨1080公里的输油管线，九十年代我们和成都、兰州军区一起修了一条兰州经西宁至拉萨的光缆通讯线，现在正在准备修建高压输电线和天然气管道。贾新华自豪地说："将来青藏线就不是四条线了，而是六条线。地下有输油管线、天然气管道、通讯光缆；地面有公路、铁路；还有空中的高压电路。到那时，青藏线才真正成为名副其实的雪域高原上的生命线。"

（王亮　樊厚东）

第四十九篇　高原上飞出幸福的歌

　　巴桑出生在拉萨市堆龙德庆县一个普通的农牧民家庭。小时候阿妈会唱好多曲调优美的草原牧歌，方圆百里的牧人都喜欢她的歌声。小小的巴桑，梳着满头小发辫，成天跟在阿妈身后的羊群中，学着阿妈挥舞手中牧羊的嘎朵，时而还从嘴里飞出几个悠扬的长调——那是阿妈从小教她的歌谣。

　　一天天长大的巴桑，渐渐她开始在草原上独自放声歌唱，羊群和牧人是她最忠实的听众。不管放牧的生活多么劳累，她的歌声从未停止过。

　　巴桑说，八九岁的时候印象最深的是那首《北京的金山上》，那是自己小时候最爱唱的歌。她说："每次唱《北京金山上》的时候，我心里就想到底北京离我们有多远？每次唱完以后，我就说妈妈要是走路到北京的话，要走多长时间？我妈妈也没去过，不知道，她就笑着说，可能要走一年。"

　　12岁那年，酷爱唱歌的小巴桑被选进县文艺宣传队，后又考入西藏艺术学校，草原上自由歌唱的巴桑，迈进了专业的殿堂。1989年，通过四年声乐专业的系统学习，巴桑以优异的成绩毕业了。当年她被特招入伍，成为西藏军区政治部文工团的一名歌唱演员。巴桑说，作为农奴的后代，是党和人民培养了她，部队又给了她发挥才能的机会，所以她要报答社会，把自己最甜最美的歌声献给藏族同胞和部队官兵。

　　巴桑告诉记者一件事，那是到西藏各地搞"三下乡"演出活动，巴桑唱完了以后，台下很多观众喊：巴桑能不能再来一个《喜讯》？《喜讯》是反映西藏农村变化的新歌，村村通电话、村村通电视，老百姓也富起来了。巴桑羞涩地说："当时我歌词没背下来，就没有唱。然后有一次又到群众当中去演出，他们又点这个歌。这下我就觉得很羞愧，这个歌老百姓这么喜欢，我一定要把这首歌拿出来。那天演出回来以后，我就立即把谱子翻出来，好好练、好好唱。"

2001 年，著名作曲家印青、词作者屈塬谱写的歌曲《天路》出炉，巴桑幸运地获得了这首歌的首唱权。一曲《天路》让巴桑的名字跟随青藏铁路传播到了西藏之外的更多地方。成名后的巴桑常说："我越来越体会到我的

巴桑接受记者采访

歌声离不开西藏的青稞酒和酥油茶的滋润。只有站在西藏，站在故乡的血脉源头和肥沃土壤里，我才能将一首歌演绎到极致。"至今，巴桑都不能忘记自己在青藏铁路进藏首发列车上演唱《天路》时的情景。

巴桑回忆起当时的情景："我是跟铁路文工团一起到格尔木去演出，刚好我们坐首趟列车。一上火车，一些列车员就认出了我。他们说今天巴桑上来了，一定要让巴桑唱，肯定要唱《天路》。那种感觉……我唱的时候，我的眼泪真的快掉下来了。我想起小时候的事情，小时候我们从老家到县城里要搭车，有的时候一天都搭不到车，我现在能坐上火车，我就感觉很幸福。而且从我们家门口经过，真的像歌里唱的那样，小时候自己想都不敢想的事情今天实现了，自豪、幸福的感觉……"

巴桑又深情地唱起了那她最喜爱的歌——《天路》。

"黄昏我站在高高的山冈
看那铁路修到我家乡
一条条巨龙翻山越岭
为雪域高原送来安康
那是一条神奇的天路

带我们走进人间天堂

青稞酒酥油茶会更加香甜

幸福的歌声传遍四方

幸福的歌声传遍四方

......"

（王亮）

第五十篇　通向富裕的旅游天路

"各位朋友，欢迎大家来到布达拉宫。举世闻名的布达拉宫是西藏的标志性建筑，同时也是宝贵的世界文化遗产，被誉为'世界十大杰出土木石建筑'之一，集中体现了西藏建筑、绘画、宗教艺术精华……"原西藏自治区旅游局市场处处长晋美用充满深情的语言在向游客们讲解着，我们被他生动的讲解深深地吸引。晋美，从玻璃厂的炉前工到社科院宗教研究所、语言研究所的学者，再到自治区旅游局市场处处长，59 岁的他虽然已经退休，但是他的目光始终和雪域高原旅游事业同步前行。

雪域高原，气象万千，无数人魂牵梦绕，心向神往。从 1979 年的零旅游到如今每年 400 多万人次的旅游接待量，走向现代文明的新西藏，自信、开放，用博大的胸襟接纳着五湖四海的游客。

晋美说，中国旅游景点的王牌在西藏，珠峰在西藏，世界最大的峡谷也在西藏。他搞了这么多工作，最喜欢的就是旅游。西藏旅游，给西藏老百姓会带来很大的发展前景。

过去西藏说是有一百多个景区景点，可是 99% 的都是寺庙，出了寺庙进寺庙，白天看寺庙，晚上睡觉，什么也没有。现在不一样了，更多的是个人老板投资的建设的一些景区景点。

作为一个专家型学者，晋美的出身经历复杂曲折，出身大贵族的家庭，又是革命干部的后代，还是烈士的亲属，干过司炉工人，又当过出国访问学者，但是在他心中，一直有一个梦想，就是把雪域高原的美丽推向世界。

2000 年前，西藏的只有一个四星级酒店，三个三星级酒店，现在光是拉萨就有三星级酒店三十多家，四星级酒店三家，还有两个五星级酒店在建。

晋美告诉记者，2006 年西藏接待内宾外宾突破了一百万人次，2007 年是最高峰，内外宾加起来是四百多万人次。青藏铁路的开通更是为西藏旅游打开了通向繁荣的大门，交通的发展拉近了雪域和外界的距离，旅游为藏区人民开拓了通向富裕的天路。现在，通过发展旅游，西藏老百姓搞藏餐、搞接待，生活水平迅速提高，旅游确确实实给藏区人民的生活带来了极大的改变。

游客在大昭寺旁商场选购饰品

退休了的晋美一刻也没有闲着，他的时间都用来讲课，做旅游策划。他给干部讲农村旅游产业、培训家庭旅社的老板和服务人员，给企业做规划。做这些，晋美不收任何费用，为的就是那份对推进西藏旅游业的热爱。

他说，文成公主进藏游也好，或者说是唐蕃古道、唐蕃商道、丝绸之路，这些线路很好，以后都可以推，首都、古都、圣都、加德满都，国外都可以推，把文化挖掘出来，以文化带动旅游，把旅游发展到农村去，让老百姓富裕起来，西藏旅游的前景将会更加广阔。

（周平　张毛清）

雪域高原格桑花

XUEYU
GAOYUAN GESANGHUA

第二部分

第一篇　在历史与现实中找寻时空接点

　　实际上，索朗卓玛阿妈并不是我们采访计划中的人物，整个采访过程有点像倒叙。如同文中所说，认识卓玛阿妈，是因为租了她女婿边巴的马上雍布拉康参观。

　　来到山南采访，山南深厚的文化让我倾倒。雅砻河蜿蜒流淌，孕育了藏族这个古老的民族和民族文化，山南地区由此成为藏民族的发祥地和藏文化的摇篮。沿雅砻河谷地，排布着雪山冰川，河谷滩地，田园牧场。山南有着西藏历史上的许多骄傲的第一：第一座宫殿，第一块农田，第一部经书，第一部藏戏……

　　我们住在山南地区行政公署所在地泽当镇，雅砻河从镇中穿过。每天大清早，我会走到河边，看金色的阳光慢慢洒满河谷。我真希望这么多的山南文化内涵，能融汇在字里行间，但广播媒介的特点，根本不允许洋洋洒洒。如何能通过这次高原格桑花人物报道，一点一点将山南的文化浸透出来呢？

　　这实际上就是在历史与现实中找寻时空接点，而这接点，就是人物。前两年大陆流行台湾戏剧导演赖声川的话剧《暗恋桃花源》，由两部戏构成，一部是现代戏《暗恋》，一部是古装戏《桃花源》。两部戏合而为一，同台演出，并行不悖，实际上也是因为找到了一个时空转换的接点。

　　就拿山南来说，第一座宫殿雍布拉康，供奉着莲花生和宗喀巴大师的铜像，在藏传佛教里，两位大师是无所不能的，能遂人心愿，赐人幸福；就在宫殿下的山脚谷地里，是西藏第一块农田素当所在地，它开创了西藏的农耕文明。这两种背景能否通过一个人物接点相连，同时反映出时空变化呢？

　　我们到山南的第一天，召集当地许多部门开了个座谈会，当时没有能提供出一个很明确的采访人物来，但我一直惦念着这两个第一的背景。

第三天上午既定的采访结束时，正好有半天空闲，我们去参观雍布拉康。山脚到山顶有两条道：一是石阶路，供游人拾阶而上；一是碎石山道，山下有牵马的村民为游客提供马匹，可以骑马上山。边巴就是其中的一名牵马人。当边巴牵着他的枣红马过来问我骑不骑马，我随口问了一下价钱，不贵，上下山十五块。我又问边巴是不是本地村民，边巴说是。我心里一动，马上将边巴定为我要找的接点人物，租他的马上山。

骑上马后，我将录音机打开装在口袋里，很随意地将话筒握在手上，然后开始和边巴交谈，询问村里的情况，询问他个人的情况，询问河谷里农业的情况。开始还很顺利，边巴有问必答，但不久他就言词含糊起来。尤其提到村子过去的情况，民改前的情况等，边巴总是回答不清楚。山道上的风很大，尽管话筒上有防风罩，还是很刺耳。骑马上山很快，我想了解的内容非常多，于是我向边巴提出能不能去他家喝杯酥油茶，好客的边巴答应了。

在边巴的家里，抬头就能看到雍布拉康。我们又聊了一会儿，才发现边巴是倒插门的女婿，难怪过去村里的情况他不清楚。正在我们有些失望时，边巴的岳母端着食品进来招待我们。老阿妈朴素的衣着，慈祥的笑容，立即吸引了我们。尽管不懂汉语，但老阿妈十分健谈。我明白，接点人物找到了。

接下来的采访就很顺利了。在不到一个小时左右的采访中，我们总体采访提问思路是：

卓玛阿妈的心愿——小时候没衣服穿，祈祷莲花生大师；改革开放后分到了二十亩地，给女儿提出招婿标准；村里搞旅游了，自己也想到北京看看。

女婿边巴的辛勤——用对比看一个家庭的过去和现在，用对比看一个村子生产资料的变化，用对比看西藏农村生产结构的调整。

而这一切的变化，发生在供奉着莲花生大师铜像的西藏第一座宫殿雍布拉康下，发生在象征西藏农耕业开端的第一块农田边。一位再普通不过的藏族阿妈的故事，完成了时空转换，把这两个背景比较好地链接起来了。

我一直认为，任何一个地方，只要你了解了它的历史和文化背景，那么这里任何一个人都有着你需要的新闻故事，都有着与别人不一样的生活道路，都会成为你笔下独特的新闻人物。

当然很幸运，我的采访机随时带在口袋里，另一方面，作为一线采访记者，始终与后方编辑保持着良好的沟通。

衷心祝福慈祥开朗的卓玛阿妈身体健康，祝福她一家幸福生活步步高！

（蒋琦）

第二篇　定格老农奴那双手

笔路蓝缕总与博大精深相伴相随。在漫长的历史岁月中，西藏山南地区因坐拥多个"第一"被公认为"西藏民族文化的摇篮"：第一位国王聂赤赞普；第一座宫殿雍布拉康；第一座佛堂昌珠寺；第一块农田索当；第一座寺庙桑耶寺；第一部经书邦贡恰加；第一部藏戏巴嘎布……

历史的，已经成为永恒；现实的，仍在日新月异。2009 年 2 月 11 日的早上，沐浴着雪域高原温暖的阳光，我走进了"西藏民主改革第一村"——克松村，听老支书索朗顿珠讲他从农奴到书记的往事。

长达四个多小时的促膝谈心，"手"是老支书唯一的道具；顺着这双"工龄 66 年"的手指引的方向，我看到了西藏过去的阴暗、现在的繁荣和未来的美好。

那是一双见证过罪恶的手。说到民主改革前的境遇，他双手紧紧地交叉在一起，像是在使劲拉近历史与现实的距离；说到痛处时，十指相扣，使劲地来回搓动，手上的老茧不时发出咯吱咯吱声，像是沉重的历史警钟，至今仍回荡在我的耳边。

老支书索朗顿珠有 17 年的农奴生涯。克松村是随达赖出逃境外的大农奴主索康·旺清格勒所属庄园之一，原来这里的村民都是庄园的农奴。他们所有一切都归农奴主，要给农奴主无条件卖苦力。在没有什么农机具的条件下，一天要干四种以上的繁重体力活，一天要挨很多打：没有把农活做细致要挨打，没有脱帽向农奴主敬礼要挨打……老支书就被农奴主扎西的皮鞭"光顾"过无数次，他还亲眼看到过农奴被活活打死。他的衣服一年只换一次，补了又补，里面到处是虱子。

那是一双记录着解放的手。说到民主改革时，老支书的双手缓缓在膝盖上来回滑动，手上的"沟壑"也舒展了许多。谈起解放军进村时，老支书端着酥油茶的右手不由自主地微微颤抖了一下，刚刚倒满的酥油茶撒在他黑色的棉裤上，留下了一块白色的印迹。是激动？是感慨？还是想浓墨重彩地把这段解放史大书特书？我难以猜度。

"红旗卷起农奴戟，黑手高悬霸主鞭。"民主改革开始的时候，有很多谣言，说解放军要吃人，还要烧杀抢掠。解放军来的时候，他们躲了两天。后来发现解放军给他们送粮食，帮他们种地，帮助他们做饭，他们改变了看法，开始给解放军献哈达。后来解放军还给他们分房子，分农田。老支书感慨地说，1959年民主改革，不仅是克松这里的农奴得到了解放，就是那些运输粮食的马和驴也得到了解放，是解放军救了我们。说到这里，老支书情不自禁地用藏语唱起了解放军进村时唱的那首歌《三大纪律，八项注意》。他那双道具般的手，在稍稍张开的双腿上轻轻地打着节拍。

那是一双创造过财富的手。贫穷不是社会主义，农奴不仅要翻身做主人，更要有主人翁精神。说到带领群众致富时，老支书的双手不时交换着摸摸自己的络腮胡子，像是在深思，又像是在"摸着石头过河"。

老支书当了17年农奴，也当了17年支书。民主改革后，当时村里有500亩林地，他就组织农户把它重新利用起来，购买农具，带领群众办猪场、磨面场。有个叫才旺多吉的农户家里很穷，藏历新年老支书就给他送肉送粮食，还在学校给他找了一份挣钱的工作，并带青壮年帮助他收割庄稼，一直帮到才旺多吉脱贫致富。现在索朗顿珠早已从支书的位置上退下来了。他说，当时三次提出卸任，但群众每次还是坚决选他。

老支书说，达赖集团破坏我们的幸福生活是没有出路的，我们现在的幸福生活他是打不破的。现在村里97%的家庭住上了楼房，每家每户都实现了"机械化"，比如拉珠家就有油罐车、出租车，年收入40万元。以前一年换一套衣服，补了又补，现在过节时一天换三套衣服，想吃什么就吃什么。

采访结束时，老支书拉着我的手去上下两层楼的12间房屋。他边走边微笑着说："我经历过新旧社会，原来觉得人间天堂是一种传说，但是现在我已经生活在天堂了。我经常教育我的子女，要珍惜今天的美好生活。我现在就是想多活几年！"

　　此时，远山在强烈的阳光下显得格外峭拔，望着老支书的背影，我仿佛看到了一朵"雪域高原格桑花"！

（张毛清）

第三篇　回望高原，难忘张张笑脸

西藏之行，短短半月，挥手作别后却有了太多的留恋。湛蓝的天空、灿烂的阳光、清澈的河水、银白的雪山，还有神圣的布达拉宫，化作一帧帧影像，深深地镌刻在记忆深处。高原上的一幕幕在脑海中无数次回放，最难忘的却是那一张张动人的笑脸。

在江洛康萨藏酒厂，厂长强巴向我们介绍30年来如何从一个以"斤"计数的家庭小作坊发展成今天以"吨"计算的规模化企业，说起如今比酒还甜的日子，看着身边的大学生儿女，他快乐地笑了。

在日喀则退休干部达瓦的家里，农奴出身的老两口你一言、我一语地说着自家房子的变化。从50年前"上无片瓦，下无寸土"到如今住着两层15间共500多平方米的楼房，临街还有4间店面对外出租，老两口细数着一次次变化，幸福地笑了。

76岁的班觉老人世代为奴，西藏实行民主改革后才获得自由。改革开放后，他靠着做青稞酒和木料生意，全家生活越来越好，孙子孙女都考上了大学，家庭也被评为自治区"文明户"。老人不断感谢着党的好政策，满足地笑了。

"高原百灵"才旦卓玛，从一个放羊的穷孩子到蜚声歌坛的艺术家，她忘不了老师们的辛勤培育，忘不了周总理的谆谆教导，更忘不了一辈子为人民放声歌唱的义不容辞。一曲清脆的《再唱山歌给党听》之后，她开心地笑了。

"嫁给西藏文化"的画家韩书力，从北京来到西藏30年，走遍了雪域高原的山山水水，用画笔，用心灵，描绘着这里的山川、河流、牧场、寺庙，描绘着藏区各民族的繁衍生息。说起西藏本土画家逐步成长，"西藏画派"走出国门，他欣慰地笑了。

难忘的笑容还有很多。

在拉萨"拉巴茶馆"，拉巴听到我们夸他的酥油茶，笑了；在八廓街"黑氆氇"商店，伊布拉说起红火的生意，笑了；在日喀则，出租车司机扎西说起每月的收入，笑了；在文化广场，踢球的丹增看到给他拍的照片，笑了——张张笑脸那么自然，那么由衷，那么富有感染力，我们也一次次笑了。

留在我们脑海里的笑脸远不止这些。

旺堆站长手捧哈达迎接我们，握手时笑了；白珍妹妹请大家到家里做客，开门时笑了；带车的小江拍照时童心大发，做着鬼脸笑了；罗布的儿子蹒跚着为大人添酒，抱着酒瓶笑了；敬酒的姑娘唱着酒歌，端起酒杯笑了；寺院的僧人一起合影，面对镜头笑了——高原上的人似乎言语不多，可是，即使面对陌生人，他们也从不吝惜笑容，灿烂笑脸像绽放的格桑花。

在藏语中，"格桑"是幸福的意思，"格桑花"就是寄托着藏族人民期盼幸福吉祥的"幸福花"。有人说，在藏区，一般叫不出名字的野花都可以称为"格桑花"。这些生长在高原上的普通花朵，杆细瓣小，似乎弱不禁风，可不管狂风暴雨还是烈日炎炎，它们都顽强地绽放着灿烂，用生命装点着雪域高原。

藏历新年前，西藏大部分地区还了无春意，看不到绿色，更看不到漫山遍野的格桑花，可是，定格在心底的那一张张笑脸，不就是一朵朵的朴实无华的格桑花吗？

（刘华栋）

第四篇　民主改革让梦想成真

　　这是我第二次采访西藏曲艺界泰斗——土登。第一次采访他是要采制西藏说唱艺术新繁荣的相关稿件，而这次是因为"雪域高原格桑花"活动，我有幸再一次近距离接触这位深受西藏人民喜爱的老人。令我印象深刻甚至为之感动的是，这两次采访都在同一个地点，就是拉萨市民族文化艺术团的排练大厅。没错，对西藏的曲艺事业，土登永远都是这样孜孜不倦。

　　早在 1996 年土登就已经正式退休了，但不像常人退休后颐养天年，他至今仍然坚持每天到团里为年轻的曲艺人员做现场指导。他语重心长地说，现在各级政府都很重视并正积极地在做培养和确定继承人工作，只有把现在的年轻人培养出来，他才可以给从事一生的曲艺事业画上一个圆满的句号。

　　1934 年，土登生于旧西藏封建农奴制下一个小石匠的家庭。为了使小土登不被农奴主拉去做劳力，土登的父母在他六岁那年悄悄把他送到了拉萨贡德林寺当喇嘛。天资聪颖的土登在短短四年的时间内，就能熟练背诵寺院二十多部必修的经文，深得寺院活佛的喜爱，还和寺院里其他喇嘛一起经常聆听"喇嘛玛尼"艺人的说唱，后来参加了专门为寺院小喇嘛们开设的藏戏班。土登从小耳濡目染，接触了西藏各种门类的说唱艺术，在自己的生命里种下了艺术的种子。

　　但在西藏实行民主改革前的那个年代，要想从事曲艺事业谈何容易！想当曲艺艺人那近乎等于上街卖艺乞讨！土登说，寺院戏班很快引起了部分上层贵族的不满，并禁止了他们的全部文艺活动。认识了西藏富有魅力的曲艺艺术，土登再也无法放弃近乎磁场般吸引他的说唱，经常偷偷趁附近贵族家主人不在时，和贵族家的佣人一起说唱"喇嘛玛尼"，说唱"格萨尔"。

实际上西藏的曲艺"说唱"有着上千年的历史。藏族人民在还没有自己文字的时代，就开始以口头说唱的形式，艺术地反映自己的生活，抒发思想感情，传授生产和斗争经验，表现审美观念和艺术情趣，主要有"格萨尔"、"喇嘛玛尼"、"折嘎"、"扎年弹唱"等。它是祖国艺术宝库中的重要组成部分，是一支独具芬芳的奇葩。

可在西藏民主改革前，无论哪种门类的说唱者，除了个别为贵族的专门表演者外，其他的都是在路边以此行乞的人，没有人称之为艺人，谈不上任何社会地位。

1951 年西藏和平解放后，随着进藏解放军文工团的到来，土登再也按捺不住对曲艺的兴趣和热爱，1953 年自愿离开寺院，参加了当时西藏爱国青年联谊会和西藏团工委文艺宣传队，参与了西藏民主改革政策宣传、西藏自治区筹备委员会成立庆祝等演出。自 1955 年起，土登编导和主演的节目近 500 部，成长为深受西藏民众喜爱的曲艺演员。在他六十余年艺术生涯中曾经创造了几个前所未有的先例：首创把"折嘎"、"喇嘛玛尼"、"格萨尔"等西藏说唱艺术的重要门类搬上舞台，更大胆创新，将一人说唱发展到二人、多人说唱等新兴的艺术形式；首创在英国伦敦伊丽莎白皇宫举办个人专场演唱会；成为唯一获得"中国曲艺牡丹终身成就奖"的藏族演员。他所见证的是民主改革以来西藏曲艺事业的长足进步和曲艺艺人社会地位前所未有的提高。

和他聊叙六十多年曲艺的点点滴滴，他越说越精神，越讲越激昂，根本无法想象他已是 77 岁高龄的老人。他说，他对曲艺的激情从来都是越来越高，从未有过丝毫的减弱。为什么？因为民主改革给西藏的曲艺艺人创造了一片自由发展的天地，令他们看到了梦想和希望，这在旧社会是根本不能想象的。

是啊！民主改革给多少人带来了梦想、希望和信心，我们"雪域高原格桑花"采访中，哪一个人物的命运不是因为民主改革而改变？所以说，民主改革不仅使农奴翻身获得了解放，更重要的是使他们新生的生命赋予了梦想和意义。

（德庆白珍）

第五篇　那山、那水、那人

西藏采访归来近一个月了，雪域的山、雪域的水、雪域的人总是萦绕在我的脑海中，让我不能忘怀。

飞机飞临西藏，从舷窗朝外看，青藏高原的山脉起起伏伏，一座座雪峰在阳光下闪烁，雪峰间一条条发亮的细线，是一道道冰川。西藏的山就以这样的方式走进我的心中。

出贡嘎机场不远，雅鲁藏布江扑面而来。"春来江水绿如蓝"这句诗用在这里十分恰当，清澈见底的江水仿佛在为远来的客人洗尘，让我精神也为之一振。拐个弯，雅鲁藏布江五大支流之一的拉萨河在静静地流淌。"春江水暖鸭先知"，三五成群的野鸭在河面上嬉戏、飞翔，丝毫不担心会有人来打扰它们的悠闲，这儿是它们的乐园。翻过海拔五千多米的米拉山口，雅鲁藏布江的另一大支流尼洋河出现在我们视野中，它如同一条玉带，陪伴我们一路欢腾到林芝。

从米拉山口起就有了零星的雪山，随着海拔的不断升高，一座座洁白的雪山迎面而来。山下是由雪杉组成的苍莽的原始林海，山顶在阳光的照耀下晶莹闪烁，湛蓝的天空没有一丝云彩。色季拉山顶拐过一个弯，一列巨大的银色的山峰突然兀立在眼前，山峰高耸，直插云霄，山顶上方的白云像旗子一样飘动。这就是南迦巴瓦峰。它如同众雪山中的王者一样高高矗立，连绵起伏的山体像巨大的三角形一样，雄奇险峻！"五岳归来不看山，黄山归来不看岳"，望着圣洁的南迦巴瓦以及周围众多的雪山，我忽然觉得，这句话更多地是中原人的一种审美偏见。南迦巴瓦峰这样众多的雪山，由于地处偏远，养在深闺，人迹罕至，它们的俊美、壮美、神圣美，长期不为人所识，造成了我们心目中对这种雪山美的缺失。南迦巴瓦峰们的横空出世，恰恰弥补了我们的这种审美缺憾，让我们的审美视野更加开阔。

壮美的山、灵动的水滋养着这片雪域上的人。世世代代生活在这里的人，以他们的淳朴善待着这里的山山水水、草木鸟兽。白玛家所在的林芝县鲁朗镇扎西岗村背靠雪山，尼洋河从村前流过，雪山、森林、草场、河流，使这里成为了著名的旅游区。村外，几匹马在草场上悠闲地啃食；村里，小小的藏香猪在阳光下散漫地走来走去。白玛是个四十多岁的中年汉子，话不多，但非常热情，招呼妻子给我们烙饼，他自己则割下一块上好的熏肉在炉子上烤制起来，不一会儿亮晶晶的油就渗了出来，香气四溢。接受采访的白玛十分腼腆，坚持要我们和他到房间去单独交谈，这样他才显得比较自然。白玛说，以前他们主要靠伐木为生，一年下来收入只有两三千元，现在他们靠旅游发家，每年收入有五六万。不仅不再上山砍树了，他们还自觉地组织起来在林区巡逻，制止其他人乱伐树木，保护山上的动物不受伤害。

其实，这种善待大自然、敬畏大自然的生态观在每个西藏人身上都能感觉的到：川藏线上磕着长头的虔诚拜山者、拉萨超市内免费提供的布袋、拉萨河上成群无人打扰的野鸭……在这平均海拔三千米的雪域高原上，一切都变得纯净。

山、水、人，构成了西藏这片雪域大地上一幅天人和谐的图景。

（雷恺）

第六篇　难忘西藏采访 15 天

　　2009 年 2 月，我随中央台"雪域高原格桑花"采访团去西藏，15 天的时间短暂得像流星一样快地划过去了。这短短的半个月，西藏给我留下了太多太多的美好印象，回来一个月了，可我几乎夜夜梦里还是在西藏。

　　在我的记者生涯中，有三次最为难忘的采访经历。一次是 1975 年 2 月辽宁海城大地震；一次是 2002 年大连"五七"空难；再就是这次去西藏采访。去了西藏，我才知道什么叫湛蓝的天空，什么叫清澈的江河，什么叫巍峨的山峦；去了西藏，我才体会到藏胞是多么的纯朴善良，酥油茶是多么的醇香流芳，青稞酒是多么的沁人心脾。尤其是在那里耳闻目睹了西藏平叛和民主改革 50 年来的沧桑巨变，引发了我内心强烈的震撼。

　　坦率地说，去西藏前，我是有些担心和顾虑的。倒不是怕去那里会有高原反应，而是因为一位曾去那里工作过的同仁告诉我，在西藏采访非常困难，许多人不愿意接受记者采访。出乎意料的是，就在我们到达林芝地区采访伊始，这种疑虑就被打消了。林芝县文化局主持工作的副局长、藏族年轻女干部达娃告诉我："与藏胞接触多了，你就会感受到他们的真挚好客。如果说有什么障碍，不过是语言不通，交流起来不是很方便。"为配合采访，他们在我们所去的乡村都已经安排好了藏汉语言翻译。

　　情况果然如同达娃局长所说的那样，我们的采访一路顺利，所到之处，藏胞根本没把我们当成是"外人"。

　　2 月 10 日那天，采访的第一位是林芝县八一镇加丁村党支部书记尼玛。这些年里，他带领村民走科学发展的道路，2008 年全村人均收入突破一万元。尼玛也荣获国家级"农村科技带头人"等多项称号，担任了 2008 北京奥运火炬手。对他的采访如久别重逢的老朋友，聊起家长里短无拘无束，轻松自如。

我们采访的第二位是 70 岁的翻身农奴索朗。谈起西藏的变化，老人家用一高一低的两手向我们示意，西藏平叛和民主改革的前后如天地之差。说到高兴处，老人家竟不顾当年惨遭奴隶主毒打留下的残疾伤痛，在我们面前边唱边跳起来。

白玛是我们的另一位采访对象。茂密的原始森林环绕着林芝县鲁朗镇扎西岗村村民白玛的家，楼房面积将近两百平方米，客厅兼餐厅约有三十多平方米，房梁上悬吊着四口藏香猪的风干肉。年方四十岁的白玛说，他家里还养着三十多头生猪呢。白玛是奴隶的后代，他的祖上与当地农民一样，世代靠伐木狩猎为生。最近十多年来，他们告别了旧有的生产、生活和思维方式，由伐木转向封山育林，靠发展生态旅游和交通运输走上了致富的道路。去年，白玛一家的年收达五六万元，在这个只有 53 户人家的山村里，他家的收入也只能排在中等偏上水平。白玛指给我们看，在他现在居住的楼房后面，他投资兴建的一栋二层楼房即将完工。他说，到时就可以同时接待 60 位游客。

林芝县人民医院内科主治医师伊道，向我们讲述了平叛前藏族同胞的悲惨生活。20 世纪 30 年代，在他出生的那个村子发生了一场流感，一下子就夺去了母亲家里十几口人的生命。他立志考上重庆医科大学，成就学业后回到了西藏，成为一名远近闻名的藏医。从过去缺医少药到现在人人享有医疗卫生保障，伊道用亲身经历告诉我们发生在雪域高原上的巨大变化。

一件件生动的述说，一桩桩亲见的事实，强烈地激励着我把在西藏的所见所闻写出来，快快告诉更多的人。

虽然今天的西藏与东部经济发达区相比还有许多差距，但这次去西藏采访的亲历，让我深深信服，那块神奇的土地，一定会创造出更加美好的新生活。

（李朝奋）

第七篇　氆氇之乡行

昨天白天，山南的天气还晴空万里，谁知到了傍晚，气温陡降，刮起了猛烈的大风。夜里，窗外风声剧烈地尖声呼啸，十分地刺耳。伴随着那种尖厉的声响，我们进入梦乡。

12日一早，狂风销声匿迹，仍是一个大晴天。按照我们今天的计划，我同湖北站的蒋琦、张毛清三人，赴扎囊县采访。

扎囊县离山南地区不远，不过四十多公里。我们一早出发，沿着雅鲁藏布江穿行。据说拉萨至山南一线是著名的风景线，我们一路观景，果然名不虚传。江两岸虽然没有绿色，但江水碧蓝，白云悠悠，尤其是江边的红柳树。去年10月份我到西藏来时，正是深秋季节，江畔的柳树叶子还在，呈妖娆的金黄色，远远看去，金黄一片，璀璨一片，煞是好看。如今再来的时候，已经隆冬，所有的树叶都落光了，只剩下光秃秃的树干，加上寒风的凌厉，冰雪的捶打，日磨月砺，竟把树干磨成了深红色。远远看去，如一团红云，如一团朝霞，在蔚蓝色的江边，一片片，一排排，一簇簇地交织着，与弯弯曲曲的江水，构成一幅壮美的图景。

汽车不到一个小时，就到了扎囊县。扎囊县因为盛产氆氇而具有"氆氇之乡"的美称，而我分配的任务是采访县阳光氆氇厂厂长、西藏民间工艺大师索朗仁青。

索朗仁青的阳光氆氇厂就在县城的边上。他在厂门口迎接我们，并带着我们参观了他的产品陈列室。

氆氇为藏族手工生产的一种羊毛织品，可以做床毯、衣服等。氆氇是加工藏装、藏靴、金花帽的主要材料，在藏族人民日常生活中占有十分重要的地位。氆氇以手工制作，经纺纱、染色、织造、整理等工序制成。

陈列室里展示着藏装、门帘、地毯、围巾、裙边等几十种氆氇产品。那鲜艳的五彩颜色、具有浓郁藏族民间传统特色的线条和图案，让我们看得眼花缭乱，赞赏不已。

索朗仁青还带着我们参观了他的工厂和车间。工厂面积不大，只有两排厂房，但厂房外墙，都装饰着漂亮的藏族图案。车间里摆着几十台织机，一些工人正踩着织机，用梭子来回织布，拼接出美丽的图案。索朗仁青说，他厂里生产的氆氇，一是用纯正的羊毛织成，染色也用传统的工艺，永不掉色；二是完全用人工织成，具有很高的传统工艺价值，深受广大藏族群众欢迎。

我们走进厂里的会客室，这是一间很大的房间，两边两排沙发，上面铺着厚厚的氆氇藏毯。后来我才得知，这里还是索朗仁青的卧室，他的家。为了生产工作方便，索朗仁青把十多公里外吉汝乡江果村的家搬到了厂里，包括他的妻子格桑曲珍、两个女儿和一个儿子，全家人都住在工厂的车间和办公室里。

索朗仁青又高又瘦，头发硬而杂乱，走路极快。他领着我们，但总是远远地走在前面。中午，我们坐在他家的客厅里，同他的家人一起吃饭。我们发现只有素菜没有肉，儿子女儿却吃得很香。索朗仁青解释说，现在肉这么贵，能节约一点是一点，好给工人们多发一点工资。他还透露说，他至今没有买汽车，孩子们也很长时间没有买新衣服了，但过了藏历年后，在县里的支持下，他准备再投资 500 万元，要将目前的生产规模扩大一倍以上。

采访结束后，我提出要到他的家乡去看看。我们上车出发，谁知他的儿子丹增平措和小女儿丹增平多在后面大哭大叫，非要跟着我们一起去。后来我们才得知，孩子们非常爱他们在农村的家，那里有羊，有牛，有果园，有广阔的田野，那是他们快乐的乐园。听说让他们上车，孩子们破涕为笑，以箭一般速度钻进我们的车里。

我们的车，沿着一条典型的乡间公路飞驶，两旁是大片大片的田野。让我们惊奇的是，田野里不时可以看见大群的野鸭野鸡，有的有数百只之多，一点也不怕人。索朗仁青的家，在一个典型的偏远村落里，外人的到来，让村里的群众十分惊奇，也引来一群孩子远远地观看。我们走进他的家，见到了他的妹妹。车上的孩子欢快地跳下车，立刻跑进屋，抱狗抱猫，与家里的马亲热。索朗仁青告诉我们，他家的院子，正是他最初设立工厂的地方，后来因为规模不断扩大，才搬到外面去了。

离开索朗仁青农村的家时，天边已经挂上一抹晚霞。我们惊奇地发现，天空中一排排野鸭和大雁，有好几十群，排成整齐的人字形，从我们头顶上飞过。我们想，冬天快过去了，春天快到了，飞鸟们也该回到它们的家乡去了。

（周平）

第八篇　再访林芝

　　因为路程较远，2月9日下午不到4点，我们"雪域高原格桑花"报道组第二小组便率先离开了拉萨，前往我们的采访目的地——林芝。

　　1997年，我曾经沿着川藏公路进入拉萨，那时从林芝到拉萨的路还是沙石路，两车之间必须要保持相当一段的距离，否则，前车扬起的灰尘会让后车吃得够呛。如今走的路早已是柏油路，而且从路面来看还是翻新不久，平坦舒适。

　　大约两个小时的车程，我们来到了海拔5013.25米的米拉山口。五彩的经幡，在风中呼呼作响。下车后虽然大家互相提醒着"慢点走，慢点走"，但依然感觉头昏脑胀，走起路来也是踉踉跄跄飘飘然。组长孙健是军人，他腰板笔直，脚步铿然有力；组长李朝奋是来自大连的东北大汉，虽然不时地大口呼气，但摄影的兴致丝毫不减；组里唯一的女性、来自内蒙古草原的郑颖，忙着写祝福、挂经幡，祈祷大家一路平安；雷凯这位陕西站的小伙子，虽然刚刚做过手术，但依然精神饱满，始终跟大家伙站在一起……一直工作生活在青藏高原的青海站记者才让多杰，为了消除司机的疲劳，想给司机点根烟，一连几下也没有把火打着。倒不是山口的风大，是因为缺氧！

　　此处不便久留，我们继续赶路。翻过米拉山，一路下坡，到了晚上8点多，我们来到了工布江达县，这里距离林芝还有一百多公里。好不容易看到了路边有亮灯的饭馆，组长孙健便赶紧命令停车吃饭。下了车，大家才注意到，今晚的月亮是那么圆、那么亮，原来今天是正月十五元宵节。来壶酥油茶，上一碗糌粑，再要点青稞酒，一起在路上过个"中秋节"——大家不止一次地把"元宵节"误说成"中秋节"，高原缺氧造成的反应迟钝，可见一斑。

都说拉萨到林芝一路好风光，我们这次是没有眼福了。夜里 12 点多钟，我们终于来到了林芝，入住林芝宾馆。这个宾馆我有印象，12 年前来林芝的时候，当地的同志曾指着林芝宾馆不无遗憾地告诉我们，这是广东援建林芝的项目，却并没有受到当地群众的欢迎，因为外来人少，一到夜晚，偌大个宾馆黑乎乎的，没有几个人住。这次走进了林芝宾馆，一看房间标价，同内地的三星宾馆相差无几。再看宾馆大厅四处张贴的六七条旅游线路图，便可知近几年林芝的旅游业有了相当大的发展。估计现在林芝的人们不会再为当初援建这么一座宾馆感到遗憾了。而我们这次庆幸的是，由于冬天是淡季，宾馆的房价打了不少折扣。要不然的话，恐怕我们就要另找宾馆了。

林芝是藏语"尼池"的译音，意思是"太阳的宝座"。林芝地区成立于 1986 年，是西藏成立最晚的一个地区，也是西藏海拔最低、气候最温暖湿润、生态环境最好、生物多样性最丰富的旅游区，素有"雪域江南"、"藏地香巴拉"、"生态绿洲"、"高原氧吧"的美誉。

从海拔 3600 米的拉萨来到海拔 2700 米的林芝，大家的感觉轻快多了，大包小包的行李基本上是自己提着上楼了，睡眠也好多了。不过大家并没有放松情绪睡懒觉，因为繁重的采访任务始终让大家的精神紧绷着。这么多年出差采访，我都会有一种感觉，就是不把采访对象的录音拿到手，心里始终放松不下来。

10 号早上 9 点，大家就准时集合到外面吃早点了。因为时差的关系，林芝的天亮也比内地晚了差不多两个小时。9 点半，当地上班时间一到，我们就赶到了林芝地委宣传部。让大家感到高兴的是，宣传部的同志上午就能带领我们去采访。

二月春来早，林芝的桃花已经绽放枝头迎接我们了。第一站，我们来到了林芝县加丁呷村，采访的是村党支部书记尼玛。尼玛，藏族，今年 56 岁，是受到国家科技部表彰的"星火科技致富能人"，由于他致富不忘乡亲，带领村民一起依靠科技发家致富，还先后被西藏自治区党委、政府授予西藏自治区"优秀共产党员"、"劳动模范"荣誉称号。

一走进加丁呷村，一栋栋楼房便跃进眼帘。来到一个气派的高宅大院跟前，还以为是尼玛的家，结果尼玛的家在隔壁。尼玛的家也是两层的楼房，门口停着一辆白色的"北京PRADO"越野车。院里建有塑料大棚、沼气池，成排的万年青把院落规划得整整齐齐。三百多平米的楼房，虽然是现代样式，白瓷砖、红磁瓦，可是房间内的布置却是典型的藏式风格。藏式的坐垫、摆设，酥油茶的浓香，时刻在提醒着客人：这是一家典型的藏族人家。

尼玛告诉我们，这幢房子是2001年建起来的，门口的越野车是2008年新买的。这些年他通过承包工程致了富，后来先后被推选为村主任、村支书，带领村民依靠科技发展蔬菜、水果种植，逐渐脱贫致富，现在村民的年人均收入达到了12000多元。如今的尼玛不仅获得了国家部委、自治区的多项荣誉，也赢得了村民的爱戴，2008年还被推举为北京奥运会火炬传递接力的火炬手。

10号下午，我们来到60公里外的百巴镇伍巴村采访，这是一个更为典型的藏族人家。藏式的楼房、藏式的家具摆设，楼房的建筑材料以木为主，木楼梯、木地板、木梁椽，客厅中间还有一个藏式的铸铁火炉，样式、工艺非常精美。主人索朗是一位七十多岁的老人，听不懂汉语，只会讲藏语。我们的采访是通过翻译来完成的。

索朗老人在旧社会是农奴，没少受农奴主的残酷剥削和人身折磨。有一次因为被另外一个同为农奴的伙伴叫去帮忙，回应农奴主迟了一会儿，便被农奴主吊起来，惨遭一顿毒打，落下了腰疼的毛病，一直到现在都还没好彻底。是民主改革让索朗得到了翻身解放，并在党的民族政策的光辉照耀下逐渐过上了幸福生活。现在他家有十亩多地，依靠种养殖业，日子过得非常好。2001年花了12万多元建的这栋楼房。

短短一天的采访，虽然有点紧张劳累，但让我们收获了很多。我们不仅感受到了林芝早春气候的温暖，也感知了民主改革50年来林芝藏族群众生活所发生的巨大变化。我们渴望着尽快完成采访任务，用话筒记录下我们的所见所闻，并把一个真实的西藏、西藏群众真实的生活告诉给所有的听众。

（张克清）

第九篇　走出大山的珞巴人

　　来到林芝，处处是景，可去的地方让你无法选择。去米林，是因为这里是西藏独有的少数民族——珞巴族聚居的地方之一。

　　2月11日，我们赴林芝采访组兵分两路，我和记者郑颖踏上了去米林的路。从林芝地区所在地八一镇去米林，路并不远。我们顺尼洋河行二十多公里，在一个叫羌纳的地方，尼洋河汇入了雅鲁藏布江。高原初春的雅鲁藏布江，平缓的江面似湖水般静谧。猛然间，觉得这条被南亚一些国家称为母亲河的大江，在她的上游正如母亲般安详、慈爱。

　　从羌纳，我们开始逆雅鲁藏布江而行。远看山顶白雪皑皑，山腰四季常绿的松树郁郁葱葱，江畔农田已泛出春的绿意。一个多小时的车程，我们就来到了米林县城。

　　来到米林，才知米林是藏语"药洲"之意。接待我们的米林县委宣传部副部长格桑介绍说，米林县境内有2000多种高等植物，野生药材种类繁多，是世界上呈现生物多样性最典型的区域之一。据说，著名藏医药祖师宇拓·云丹贡布就曾在这里修行、授徒。

　　格桑副部长是珞巴族，对本民族的历史耳熟能详。珞巴族总人口约2200多人，主要分布在米林、墨脱、察隅等县与印度、尼泊尔接壤的边境地区。珞巴族祖祖辈辈生活在高山林区，过去住的是不能避风遮雨的小木屋，农业生产处于刀耕火种的原始状态，粮食不能自给，主要通过一些畜产品、纺织品、林中山珍和竹器换取生活必需品，生活水平极其低下。西藏和平解放以后，在党和政府的关心下，世居深山老林的珞巴族，陆续搬迁到了自然环境相对较好的平坝地带。

我们采访的南伊珞巴民族乡才召村，就是这样一个珞巴族新村。进入村子，是一幢幢具有珞巴木屋风情的新居，外观是木屋，里面却是砖混结构。进入村里到处鸡鸣猪哼狗叫，一片田园兴旺景象。

来到村民达瓦家的客厅，传统的藏式柜子上是电视机、DVD机等，墙上则挂着弓箭、长刀及珞巴族男子传统服饰。达瓦对我们说，把这些挂在这上面，一方面是表现珞巴族传统的服饰文化，另外一方面，它也确实是一段历史的记载。他说，在旧社会，珞巴族是生活在丛林中，主要以狩猎为生，即使有时候到这边藏区来做生意吧，也都要受三大领主的压迫，缺衣少穿。所以，他们的服饰大部分以兽皮为主。

说话间，达瓦不时深情地眺望南伊沟尽头的那座雪山，那是他父辈们曾经生活过的地方。达瓦说，现在搬迁到了平坝地区，全村36户人家有308亩耕地，不但能保证口粮，还有余粮饲养一些家禽家畜。根据当地的自然环境和珞巴族的民俗风情，村里搞起了民俗生态旅游。擅长狩猎的达瓦，现在收起了弓箭，当起了导游，每年接待许多来自国内外的游客。达瓦说，去年才召村人均收入达到4410元。

离开米林时，已是下午5点了，天上忽然飘来朵朵白云，和远处的雪山相映成趣。从进入西藏那天起，今天是我们第一次看到天上的云。

（才让多杰）

第十篇　走近藏历新年

　　2009 年 2 月 25 日是藏历年。随着藏历年一天天的临近，拉萨八廓街更加热闹了起来，前来购买年货的人是越来越多，藏历年的气氛也越加浓厚了。

　　走进八廓街就好像是进入了一个巨大的转盘，你不得不被卷进人流中去跟着转起来：转经的、购买年货的、旅游的、闲逛的，大家一股脑儿全是按顺时针方向行进着，这是藏族群众的传统习俗。偶尔错过了一个铺子再想转回来看看，那就无异于逆历史潮流而动，异样的眼光是必不可少的，左躲右闪也免不了磕头碰脑。

　　作为一个广播人，一进八廓街就敏感地捕捉到了收音机的声音。执勤的工作人员手里拿着小小的收音机在听，一些商铺老板也习惯在店门前收听着广播节目。更让人欣慰的是，八廓街不少的商铺都在卖收音机，大大小小，几十元到上百元，种类不少。我们一边跟老板攀谈一边尝试着把频率调到中国之声。老板倒是很熟悉："调频，89 点多！"还真找到了，声音清晰，格外亲切。

　　藏历年就要到了，人们纷纷买些彩色麦穗、小麦、青稞、酥油花，放进切玛盒子里，供奉在家里，祈求来年风调雨顺、五谷丰登。街上卖油炸果子的商贩也多了。当地的一些藏族同胞告诉我，以前这些果子都是在家自己做的，现在嫌麻烦，都是到街上买现成的，很方便。据说年关近了，油炸果子的价格也高了，过去十几块钱一斤，节前卖到了二十多块钱一斤，但是他们说也愿意买，多花点钱，省事儿了。

　　来自甘肃临夏的小马，经营着一个杂货摊。他说他是去年 3 月来的，以前在那曲，感觉还是八廓街的生意好做，快一年了，差不多能挣一两万块钱。说话间，一个藏族小姑娘在摊前徘徊着，看着一款电子手表，拿起放下，放下拿起，看来是比较喜欢。我们问她叫什么名字，小姑娘腼腆地回答说叫吉娜，13岁了。"七块钱怎么样？"看着她讨价还价的神情，我们都忍俊不禁。"好、好、好，拿去吧！"小吉娜很是高兴地把表戴在手腕上，用手摩挲着，认真地调试着，幸福之情洋溢在脸上。

小马指着旁边的服装店说，藏历年快到了，这几天藏装卖得特别好，短款的羊皮袄三四百，长款的上千。我们走进服装店，仔细打量了一下各式的藏式冬装，豪华点的羊皮袄，缎子面加滚边，色彩很是漂亮；便宜点的，布料镶边，更为大众化。

八廓街上一个商铺挨着一个商铺，一个摊点接着一个摊点。不管是古董收藏品，还是日用百货；不管是传统的，还是现代的，只要有钱，都可以买得到。讨价的讨价，看货的看货，八廓街上人声鼎沸，好不热闹。看着转动的人流，望着满街的各式商品，真的是让人眼花缭乱。

不仅拉萨如此，记得我们从林芝返回拉萨途中，就曾看到好多地方的集贸市场人头攒动的情景，许多农牧民都是骑着摩托车、开着拖拉机到县城购买年货。

在墨竹工卡县城，摩托车成了县城小镇上的一大景观，许多商店、饭馆门前都停满了摩托。来自各乡镇的农牧民把个县城挤得满满当当，可以说是水泄不通。正好我们也在那里吃午饭，家家饭馆门前都没有空位停车，只好把车停放在老远的地方。吃饭也是等了好半天，才轮上我们，而我们仅仅是每人要了一碗面片。

在等饭的工夫，我和街边摆摊、购物的藏族同胞聊了聊天儿。摊主来自日喀则，叫格桑平措，现在是在位于拉萨市北京中路的木加寺印经。得知我是北京来的，格桑幽默地说："你在北京，我在北京中路，不远嘛！"他的摊儿上卖的主要是一些经幡、香布。由于语言不太通，我们俩的对话是连说带比划，但沟通得还相当不错。我给他拍了几张照片，他看了非常高兴，热情地招呼我坐下来，给我倒了一杯自家酿制的青稞酒。我也没客气，坐下来跟他聊了起来。在摊儿前，我还跟一个选购经幡的藏族老阿爸寒暄了几句，简单的几句对话中，老人告诉我，今天他已经买了上千块钱的年货了。

　　街上人群中，一些佩戴民族服饰、身着民族服装的藏族同胞，会格外吸引我的目光，总想拍几张照片。我的衣着打扮，明显表明我是外地人，也会引起当地人的好奇。我们都相互用好奇的眼光打量着对方，四目相对，我马上送出笑脸以示友好。他们也总是回以笑容，有的腼腆地走开，有的也很热情大方，摆出姿势，让你拍。拍完给他看看，他也会很开心。我也忘不了拿出笔，让他写下地址，回北京后冲洗了照片给他寄去。

　　再有几天就是藏历新年了，西藏的城市乡村，过节的气氛日渐浓厚。在这浓浓的藏历新年气氛中，走近藏族同胞，也别有一番感受。在内地忙忙碌碌，很少走近陌生人。而在西藏，虽然素不相识，却可以轻易地坐在一起。其实道理很简单：人心换人心，你尊重了别人，也会赢得别人的尊重；你把别人当了朋友，别人也会把你当成朋友。当然，还有重要的一点就是，我们的藏族同胞绝大多数都很淳朴、善良。

（张克清）

第十一篇　走进西藏 漫步云端

　　云贵高原和青藏高原，离得那么近，靠得那么紧，我始终相信，迟早有一天我会到西藏。此次赴藏与其说是圆梦，不如说是赴约。古老的传说、神秘的高原像磁铁一样吸引着我。我除了想领略绮丽的风光、感受不同的香格里拉外，更重要的是想真切感受藏传佛教文化的博大精深。

　　想象中的西藏美丽、神秘，但没想到第一次赴藏却是在2月。天寒地冻的天气、干燥稀薄的空气、严重的高原反应——在我炫耀即将赴藏时，那些在西藏"战斗"过的师长警告我千万要小心注意，不可掉以轻心。

　　年还没过完，我独自从昆明启程赴藏。有些忐忑，更多的是怀着深深的敬意，我飞向那片神奇的土地。有些出乎意料，从飞机舷窗望出去，灿烂阳光下的雪山泛着银光。下了飞机，看到来接我的记者站张师傅正远远招手，心里顿时春暖花开。张师傅为我戴上洁白的哈达，宽慰我要缓步慢行，不要有心理障碍。我告诉他，没有头疼、没有恶心、没有不适感觉，要有也是心理作用。

　　沿途山峰高大巍峨、起伏延绵，但2月寸草不生的石头山还是让人觉得有些苍凉。间或漂浮着冰块的溪水清澈见底，拉萨河上野鸭成群。和风丽日下蓝天白云，雪山草地。终于，我来到了心驰神往的西藏。毕竟比云南的香格里拉又高了300多米，拉萨的天更加湛蓝清透，纯粹明媚。但拉萨的阳光也更加刺眼灼人。突然进入这明亮的世界，眼睛着实有些不适应。

　　入住的天海酒店比邻国家级自然湿地保护区——拉鲁湿地，在这里可以远眺举世闻名的布达拉宫及罗布林卡公园。在等待大部队的时候，我老老实实呆在宾馆，远远看着辉煌的布达拉宫，招展的经幡，满脑子都是喇嘛诵经，信徒膜拜，天高云淡，藏歌悠扬，佛香盈盈，梵音袅绕。

空气稀薄但很清新，糌粑、酥油茶，浓稠奶香的藏族食品倒也适应。千呼万唤等来了大部队。当东方的第一缕霞光照耀在布达拉宫的金轮之上，古城拉萨新的一天开始了。我们来到了举世闻名的布达拉宫。这是地球上海拔最高的宫殿，红白两色的建筑群共同构成了以政教合一为特色的天上宫阙。无与伦比的西藏建筑、绘画、雕塑等宗教艺术精华，大量珍贵的历史文物，令人叹为观止。它神秘伟岸，傲立尘世，恢宏壮阔，很难用语言确切表达。它有着交响乐的震撼，非叙事的、模糊的，让人心里没有语言，只有情感。

陆陆续续到了大昭寺、罗布林卡、扎什伦布寺，无一例外地感受到佛的伟大与信徒的虔诚。金色的宝顶闪耀着佛的光芒，五彩的壁画展示着人类的功德，宽敞的大殿供奉着各类佛像，狭窄的通道来往着各类人群，长明的灯火暗香浮动。我不止一次被藏民的虔诚深深感动。那些与我擦肩而过的人，也许就是用了一生的积蓄，不远千里来朝圣，千山万水磕着长头，一步一叩地执着地来到心中的圣地。而寺院则像是一个个博物馆，把藏族的历史，藏族的文化以宗教的形式带着佛的祝福，带着酥油的幽香，散布在空气中，充满幸福，充满吉祥，浸润着每位来这里朝圣人们的心。作为世界文化遗产，这些寺院无形的馈赠实在太巨大了，大到置身其中立刻感觉自己非常渺小，仿佛站在无边的净土上，没有忧伤、没有烦恼、没有怨恨。肃穆的空气似乎变成了一泓清澈透明的湖水，静静地为拜访者洗涤心灵的创伤和尘世的烦扰，让人仿佛置身于一个宁静和谐的乐土。那是一种严格，一种尺度，永远不能超越。难怪之前就听朋友说，西藏不仅能使灵魂得到片刻的休息，而且还能给灵魂注入坚韧执著的精神力量，插上奋飞的翅膀。

在西藏17天的时间里，尽管浮光掠影，却也是一次真切的体验。我不知道自己感受到多少精髓，但它是鲜活的。今后无论记忆多少，我想它是深刻的。

（陈鸿燕）

第十二篇　神圣的布达拉

拉萨的阳光照得人那么幸福，惹人慵懒地沉醉其中。

来到拉萨已经第三天了，高原反应依然存在，我的头还是疼的，可是渐渐逼近的采访日程已经不允许我们慢慢地适应了。明天就是"雪域高原格桑花"大型系列报道的启动仪式了，每个人都已经箭在弦上、蓄势待发。

为了让大家放松心情，在有限的时间里更好地适应西藏的环境，旺堆站长特意带我们参观了拉萨城最神圣、最富有代表性的建筑——布达拉宫。

以前只有在电视和电影中出现的圣域突然间展现在自己的面前，我心中的激动无以言表。也许是冬天的关系吧，巍峨雄壮的布达拉宫矗立在灰黄色的山顶，凸显出几分夏季少有的沧桑与凝重。红白相间的建筑错落而立，组成了迄今为止高原上规模最宏大的宫殿。置身其中，你会突然察觉到自己的渺小。登顶的台阶很陡，每登上一段距离，抬头望望，似乎离布达拉宫顶不远了，而实际上还要走很远。

当地人说，布达拉宫是藏传佛教信徒心中的圣地。每年都会有无数的教徒虔诚地前来拜谒。有些甚至从很远的地方，比如青海等地一路膜拜过来。我们在宫殿里看到很多身穿藏族民族服装的老人，手中转着经、提着酥油，一边在宫殿里诵读着经书，一边小心地在佛祖像前的酥油灯碗里添加香火。还有一些穿着入时的年轻人，也来到宫殿里跪拜。他们接受了现代的教育，但在党和国家宗教政策的指引下又很好地保留了自己的宗教信仰。看到他们那一刻，你会突然感觉到在西藏，教徒和信徒们拥有着多么宽松的信仰自由。他们既可以是现代社会中和我们一样从事各种工作的一员，同时又能够和他们的祖辈一样享受传统宗教带给自己精神上的寄托。而这一切可以用一个词来概括，那就是"和谐"。

　　老阿玛笑着看我跌跌撞撞、气喘嘘嘘地爬上了布达拉宫顶的桓台。这里是不让拍照的，我和我的同事们尊重藏族同胞的民族习惯和宗教礼仪，把照相机收了起来。在一个藏族导游小姑娘的引领下，我们步入了曾经是最为神秘的宫殿——布达拉宫的白宫和红宫。白宫曾是达赖喇嘛办公和接见信徒、官员的场所；而红宫则是喇嘛布道和诵经的宫殿。两个宫殿因功能的不同在设计上也有很多差异。里面供奉着的佛像和佛塔也都是世间罕见的无价之宝。我对藏传佛教知之甚少，不便随便发表言论，但宫殿内部庄严肃穆的陈设和佛像还是让人油然而发恭敬之情。如果有人问我："去布达拉宫是什么感受呢？"我只能笑着告诉他："请您亲自到拉萨去看看吧！"因为布达拉的神圣是无法用语言来形容的。

（肖志涛）

第十三篇　能歌善舞的民族曾经没有专业歌手

　　这次去西藏采访，真正见识了藏族同胞的能歌善舞。但是直到采访老艺术家、山南地区艺术团原副团长多布杰之前，我才知道，西藏民主改革前，这个能歌善舞的民族几乎没有现代意义上的专业音乐工作者！

　　这也让我对西藏当代音乐艺术的发展历程产生了兴趣。多布杰的家在山南，山南可是个有文化的地方。

　　到了山南，差不多所有的当地人都会告诉你，脚下所在的雅砻河谷，是藏民族的摇篮和文化发祥地。文献记载以及大量的考古发现证明，大约在400万年以前，藏族先民就繁衍生息于这片土地。

　　西藏的第一部藏戏——巴嘎布就诞生在这里。2005年，文化部公布的第一批国家级非物质文化遗产项目中，山南地区就有5项，其中《雅砻扎西雪巴》、《琼结卡卓扎西宾顿》、《门巴阿吉拉姆》、《昌果卓舞》都是传统藏戏或歌舞。

　　虽然没能亲眼看见这些演出，可是在山南采访的那段时间，接触到的藏族同胞个个都像专业歌手，开口就能唱出美妙的歌声，让我们感慨不已。

　　很难想象，西藏和平解放前，全西藏除布达拉宫供云乐舞"嘎尔巴"队外，没有一支由官方组建的专业艺术团体，也没有设置专门的音乐管理机构（供云乐舞"嘎尔巴"队只是由地方政府下辖译仓［秘书］机关兼管），没有一所艺术研究及教育机构，自然也就没有多少现代意义上的作曲家、演奏家、演唱家、音乐理论家、音乐教育家，也很少出现音乐创作作品。全西藏的大约二十所官办学校和九十多所私塾中，连音乐课程都没有。

　　现在已经是国家二级演员，山南地区艺术团副团长的多布杰，民主改革前，只是个农奴的孩子，根本没有机会接受专门的音乐教育。

当时，多布杰的父母是乃东县一家寺院的农奴。多布杰很小就开始帮父母干一些烧水、捡牛粪的活。喜爱唱歌的他，只有在山上捡牛粪的时候才能放开嗓子唱一段。

直到1959年民主改革，成都军区的战旗文工团在乃东慰问部队，跳秧歌，多布杰才第一次看到专业的艺术演出。那些化了妆的演员特别漂亮，像仙女一样，而她们的歌唱得轻快又好听，舞跳得轻盈又舒展，丝毫没有累的感觉，让多布杰觉得特别神奇。

多布杰并不知道，西藏和平解放后，1958年8月西藏歌舞团已经正式成立，成为西藏文艺事业真正往专业化道路上迈进的开始。1960年西藏自治区藏剧团和西藏自治区话剧团成立。接下来就是改变多布杰一生命运的山南地区文化工作队成立。

这个农奴的孩子和其他一些从山南农村招来的年轻人，成了山南乃至全西藏最早的一批现代意义上的专业音乐工作者。

这个时期，包括才旦卓玛在内的一批学员先后被选送到北京、上海、天津等地学习音乐专业。1965年西藏自治区成立以后，随着各地市专业艺术团体的组建，西藏各艺术团体相继往北京、上海、天津、沈阳、成都、广州、西安等地艺术（音乐）院校选派大批学员学习音乐专业，使西藏音乐工作者队伍得到不断的充实和加强。

而多布杰从那时起就一直活跃在演出一线，成为西藏艺术界自学成才的典范。像多布杰一样靠在岗学习提高而成才的还有现在西藏作曲界比较活跃的洛泽、索玛尼、达瓦等，以及在声乐界较有名望的拉萨市民族艺术团的达珍、原那曲地区艺术团的索朗旺姆。

但是没能去专业艺术院校深造，让多布杰至今仍然感到遗憾。老人的一句话让我印象深刻。他说："如果当初有机会去艺术院校进行专业训练，我还能多唱20年！"

当然，二女儿从中国音乐学院毕业后，回到山南地区艺术团接了他的班，多多少少弥补了这位从艺四十多年的老艺术家多年的遗憾。

相比50年前，多布杰更是倍感欣慰。现在西藏共有各类专业艺术工作

雪域高原格桑花　第二部分

者4000余人，其中藏族占95%，是西藏文艺队伍的主体成分。50年来，西藏专业音乐工作者创作出一大批脍炙人口、享誉国内外的文艺精品。如歌曲《毛主席的光辉》、《北京的金山上》、《翻身农奴把歌唱》、《北京有个金太阳》、《一个妈妈的女儿》、《天路》、《咱们西藏》、《雪山彩虹》、《天上的西藏》、《圆梦新天路》、《祖国的西藏》、《梦中的绿洲》，表演唱《逛新城》等。

现在，对于西藏喜爱音乐艺术的孩子来说，除了天生的金嗓子和传统的民族歌舞以外，无论是全日制的普通学校教育，还是专门的艺术学校，都让他们有更多的机会发掘自己的天赋，按照自己的意愿成长为一名专业的音乐工作者。

（丁晓兵）

第十四篇　那一脸的虔诚，那一身的宁静

　　为了让我们这些初上高原的"愣头青"能有个循序渐进适应高原的过程，细心的组织者专门安排我们先从北京坐飞机到西宁，再改乘火车进西藏，这样海拔一点一点升高，不至于有那么强烈的高原反应。

　　当我乘坐从西宁开往拉萨的火车走进青藏高原的时候，我被窗外的一幕震动了：在可可西里无人区，在海拔5000多米的唐古拉山口，一名年迈的信徒正五体投地，用人类最原始接近自然的方式——脸贴着大地朝着拉萨的方向磕长头，一步一磕，一磕一步，他在用自己的身体丈量着青海到拉萨的距离。车厢内的藏人告诉我，他要这样从青海磕到拉萨，1000多公里，要这样磕上一年才能到达终点，那一身被沙石磨破的藏袍掩不住从他身体里透出的祥和与宁静。西藏，在我离它渐行渐近的时候，反而变得更加神秘了。

　　当第一口酥油茶喝下去的时候，一股暖洋洋的感觉涌遍了全身。西藏的酥油茶真的能治高原病。刚到的时候，嘴唇干得流了血，呼吸起来总觉得空气不够用，每隔一会儿就要狠狠深呼吸一口，现在好了，能大口咕咚咕咚喝酥油茶了，能大碗吃下藏面条了，再上高原，我就算半个藏民了。

　　藏族地区民风淳朴，我们到过的地方都受到了热情招待。女主人总是手把着一暖壶的酥油茶守在你身边，刚喝下一口就满满地斟上，还要双手捧到你眼前，那股热情劲儿就能让你再多喝几杯。在日喀则市甲措雄乡农民边八家里采访，女主人就这样手里捧着满满一壶酥油茶陪在我们身边，女主人不大会说普通话，我用唯一学会的藏语"扎西德勒！"对她表达谢意，她也不断地用这句话对我表示欢迎。

　　"扎西德勒！"这是我在藏族百姓家里做客时说得最多也听得最多的话，

我们在彼此祝福。

到西藏采访，我们遇到了一个共同问题，那就是语言不通。虽然有翻译，但是对于搞广播的我们来说，自己要表达的思想再经过别人的转述总觉得差那么点意思。尤其当我问到的一个自认为"很有深度"的话题，经过翻译转述后，被采访的藏族阿妈带着深深感情回答了几分钟后，翻译给我的只是短短十多秒，我就更不满意了。总觉得老阿妈跟我说了很多，翻译过来怎么就剩这么一点了？追求完满，喜欢刨根问底的职业习惯，让我在面对由第三者传话的语言环境中非常挠头。

当然，采访毕竟在越来越深入的谈话中得到满意的结果。我们开始习惯于看着老阿妈慈祥、深邃、充满故事的眼神，听她讲每一句话。这里的百姓习惯看着对方的眼睛说话，尽管他们也知道我并不懂他们的语言。他们的眼睛清澈，就像高原上的神湖——羊卓雍错。

尽管我们不明白每一句的具体含义，但是老阿妈的眼神和肢体语言告诉了我们她的想法。提到自己经历过的旧时黑暗农奴统治时，老阿妈的眼神流露出凄苦，语调变得低沉，不时地要攥一下拳头；说到现在自己过上的好日子，说到共产党，说到政府，说到解放军，说到自己刚刚考上大学的孙子……老阿妈那满是皱纹的脸上仿佛绽开了一朵花，她的眼神是亮亮的，那里面有满足、有幸福、有赞叹……

我直到这时才真正读懂了老阿妈，原来我所追求的采访声音的完美已经不再是最重要的。这次来采访，我一直想把青藏高原最真的东西带下山，其实，现在脚踏着西藏的土地，我已经知道这里最宝贵的是什么，那就是高原百姓的虔诚、安静、祥和……我知道，这些我无法带走，但我会成为他们中的一员，把这些传播开去，把西藏百姓富足、幸福、快乐的生活展现给大家，把一个真实的西藏呈现给世人。

鞠下身去，接过老阿妈祝福的洁白哈达，顺势合十双手，向老阿妈道一声："扎西德勒！"

（毛更伟）

第十五篇　老照片引出的话题

　　到原西藏地区旅游局市场处处长晋美家里采访时，他早早地在家门口的大路上等着我们，很远就与我们打招呼。走进他家的小区，两旁是一排排两层独门独院的小院。我发现，拉萨人很多都有这样的房子，这样的房子如果在内地，就是标准的别墅。

　　晋美是一位性格非常开朗、很健谈的人。一进屋，先在客厅里坐下，喝上香甜的奶茶，他就拿出一堆略有些泛黄的老照片给我们看。看了照片，我们真没有想到，这位今年已经 59 岁，头上基本已经谢顶，但眼神和动作还带着中年人的敏捷的人，出身于一个西藏显赫贵族的家庭。他的父亲桑本·平措多杰曾任过藏北朗北宗的宗本和噶厦政府的噶准，还曾经任过旧西藏邮政局的局长；他的妈妈桑林·次仁白珍一共有六个姐妹，都嫁在显赫的西藏贵族家里，二姨才旦多嘎是全国人大副委员长阿沛·阿旺晋美的夫人。但是晋美的爸爸妈妈从年轻时就积极地跟随共产党，1953 年西藏和平解放时就加入了西藏市爱国青年联谊会。由于父亲死得比较早，尤其是母亲，在几十年时光中，与中国共产党风雨同舟，忠心耿耿，曾任拉萨市妇联副主任，市政协副主席。

　　晋美拿出的第一张照片，是他的爸爸妈妈年轻时在自己的庄园里照的。他们家的庄园很大，有很多的土地，他们的生活也非常优越。

　　第二张照片，是他的妈妈 1957 年在北京北海公园里照的。晋美介绍说，1952 年，西藏军区的徐爱民副政委来到母亲的家，说解放军要开办藏语文训练班，请他的母亲出来当教员，他的母亲次仁白珍从此走上了革命道路。次仁白珍 1954 年在拉萨市爱国妇女联谊会担任宣传工作，1956 年光荣加入中国共产党，1957 年参加西藏妇女代表团，到北京参加中国妇女第三次代表大会。这张照片，就是晋美的母亲开会时在北海公园照的。

第三张照片，是一张全家福，父亲、母亲、晋美的哥哥洛桑贾觉、姐姐仁珍白姆和晋美。值得注意的是，照片后面的哥哥像是后来贴上去的。原来 1959 年，西藏民主改革平息叛乱，他的哥哥自愿参加中央民族学院组织的平叛工作组，一直战斗在第一线给解放军当翻译。1959 年 11 月，哥哥在一次剿匪中与几位解放军战士一起光荣牺牲，年仅 19 岁。

第四张照片是晋美在藏北无人区草原与牧民们一起照的。晋美说，他是一位非常有福的人。他最早被推荐上工农兵大学，毕业后分配到拉萨市玻璃厂当工人，后来靠自己的努力考入了西藏社会科学院，从事宗教研究。更幸运的是，他又被选送到北京大学学梵文，被送到美国作访问学者。后来，晋美作为自治区社科院语言文学所的所长，专门从事藏文学的研究，这就是他在藏北草原进行史诗《格萨尔》采风时的照片。再后来，晋美从社科院调入自治区旅游局工作。

第五张照片是晋美的二儿子晋美贡丹的照片。小伙子现在昆明陆学学院大学二年级读大学，长得帅气、神气。

第六张照片是晋美一张最新的全家福，有老伴、姐姐、两个儿子、媳妇和两个孙子，全家人笑得开心、幸福。

（周平）

第十六篇　敬礼！向雪域高原的橄榄绿

　　我第一次进藏是到西藏的林芝，那时候是夏天，大概是 7 月份，林芝的天是湛蓝湛蓝的，湖水是碧绿碧绿的，森林里散发着醉人的松香。真是一块高原净土！

　　这次进藏到了拉萨，海拔更高，感觉距离蓝天更近了，人的思想也许因为缺氧变得更为纯粹。20 多年的记者生涯，我走过许多地方，西藏的蓝天碧水给我留下了难以磨灭的印象。第一感觉是：人类活动越少的地方，自然环境就越好，人类活动越多的地方，自然环境就越差。看来如何更好地保护我们赖以生存的地球环境，是摆在每个地球人面前的重大课题。

　　这次进藏主要在拉萨周边采访，感觉到西藏经济在不断发展进步，而环境保护工作也做得很好，西藏仍是一片纯洁的雪域净土。

　　在雪域高原短短十几天的采访，我最难忘的是：那些为国戍边的军人，在海拔超过 4000 米、连一棵树都无法生长的生命禁区，以威严的姿态，站成了雕像和界碑！有人说，在西藏，氧气吃不饱的地方，躺着都是奉献，可是官兵们却做出了常人无法想象的奉献！

　　武警部队在西藏共有内卫、水电、交通、森林四个警种。在建设西藏、发展西藏和维护西藏稳定的进程中发挥了生力军作用，他们各具特色。

　　武警西藏内卫总队被各族群众誉为"雪域高原卫士"，他们为建设"小康西藏、平安西藏、和谐西藏"做出了突出贡献，先后有 120 多个集体、300 余名个人被国务院、中央军委、西藏自治区政府表彰为"全国民族团结进步先进集体"、"全国拥政爱民先进单位"和"全国拥政爱民先进个人"。

　　武警水电官兵进驻西藏 20 多年来，先后修建了羊卓雍湖电站等 20 座水利水电工程，总装机容量占西藏自治区水电总装机容量的75%以上，点亮了雪域高原的万家灯火，为西藏经济发展做出了重要贡献。20多年来，先后有1万多名水电官兵在雪域高原奉献青春才智，四成以上的官兵患有各种高原病，20多人长眠在这片神圣的土地上。

武警交通部队的前身是解放军基建工程兵，进藏近40年来，已为西藏修筑、改建、整治等级公路5000多公里，建设桥梁、隧道、涵洞3600余道（座）。可以说为西藏各族群众修通了幸福大道，架起了幸福金桥。

西藏森林总队组建六年来，先后扑灭森林火灾火警130多起，当日灭火率达83.3%，为西藏挽回直接经济损失数千万元。在保护西藏自治区生态环境的各项任务中，他们充分发挥专业队伍作用，上一线、打头阵、攻险段，争当生态文明建设的排头兵。

电力在社会经济发展中的作用有目共睹，可以说是现代文明社会的标志。水电更是被世界公认为最清洁的能源。雪域高原矗立着50多座海拔7000米以上的雪山，1500多个大小湖泊散落其间，蕴藏着十分丰富的水利资源。

我这次采访了曾经多次参加西藏水电站建设的一位女性工程师赵秀玲，她现在是武警水电三总队副总队长。她在高原工作了十多个年头。她的儿子从婴儿长成大小伙，与她生活在一起的时间还不到一年。赵秀玲的同事说："在内地，赵秀玲只有一个儿子。但在西藏，她有许多'儿子'，那是一座座凝聚着她心血的电站——他们的名字叫满拉、羊湖、沃卡、查龙……"这些水利水电工程，使约60万西藏农牧民结束了烧树皮、树枝、牛羊粪和点酥油灯的历史。

新中国成立前，西藏120多万平方公里土地上基本没有公路。1950年，进军西藏的解放大军一边开进一边修路，经过四年苦战，于1954年同时修通川藏、青藏公路。

青藏公路在原来的"牦牛驮道"上修筑通车，北起西宁，南至拉萨，全长1937公里，是西藏连接祖国内地的交通大动脉，有70%的进藏物资通过这条公路运输。1974年，武警交通一总队上万名官兵打响青藏公路改建战斗，架起万里长江第一桥——沱沱河大桥，修筑成西藏第一条高等级公路——拉萨至羊八井公路。官兵们艰苦卓绝的努力为西藏社会经济发展做出了重要的贡献！

西藏森林总面积1389.61万公顷，活林木蓄积量22.945亿立方米，居全国第一位，火灾火警时有发生。武警西藏森林总队被誉为森林灭火的"战斗队"。2003年2月19日凌晨，西藏林芝县百巴镇发生森林大火，熊熊大火直扑原始森林，同时威胁着兹巴沟国家级自然保护区和扎拉村150名群众的安全，情况万分危急！刚刚组建几个月的林芝森林支队官兵闻警而动，面对三面湍急的江河，脚下悬崖峭壁的万丈深渊，官兵们无所畏惧。为形成包围圈以控制火势，扑救官兵急中生智，用背包绳相互串起来，手牵着手，脚踩着脚，迅速形成一条合围"长龙"。衣服烤着了，头发烧焦了，官兵们全然不顾；白昼过去，夜幕降临，一秒一秒地与火魔进行殊死较量。官兵们在火场地理条件复杂、缺乏高原扑火经验的情况下，硬是用手扒出了3.6公里长、5.6米宽的防火隔离带，连续作战四昼夜，将火魔彻底消灭，一举改写了西藏森林灭火"靠天下雨"的历史。

为提高群众的生态法规意识，每年旅游黄金季节、环境保护日和森林防火期，西藏森林总队都要采取定点宣传、走村串户、集中教育等方式，不间断地对游客、入山入林人员、农牧民群众进行森林防火及野生动植物保护宣传教育，增强他们的生态保护意识。

在林芝支队米林中队的防护区，有一位名叫多吉占堆的老人，儿子原先是一名林业公安干部，在打击盗猎分子行动中牺牲。老人每到藏历4月份的扎嘎达节都要上山为儿子烧香，面对官兵的劝阻，老人一时难以接受。官兵们了解情况后，带上哈达和经文，一边陪老人祭祀，一边告诉老人："儿子是为保护森林资源而英勇献身，被国家授予革命烈士，我们应该继承他的遗愿，以他为榜样，向他学习，如果因为祭祀点香引发森林火灾，我们对不住您的儿子啊！"老人终于感悟了，从此不再上山点香，还主动当起了义务巡山员。

经过西藏森林总队官兵的不懈努力，西藏发生森林火灾的次数由2001年前平均每年60余起下降到现在的20余起，森林覆盖率由过去的9.84%提升为现在的11.31%。近年来，保护区内乱捕滥猎野生动物案例逐步减少，野生动物种群数量陆续上升，呈现出人与自然和谐共处的景象。

作为一名军事记者，我向雪域高原的橄榄绿们致以崇高的军礼！

（孙崇峰）

第十七篇　金珠玛米，哑咕嘟！

　　大年初十刚过，参加中央台"雪域高原格桑花"赴西藏新闻采访活动，由于工作比较繁忙，没有随大队乘火车从青藏铁路到拉萨。

　　第一次去西藏的我，与军事宣传中心通联办副主任陶宏祥和空军记者站站长郭凯、武警记者站站长孙崇峰一起乘飞机由北京到拉萨。伴随着连绵的雪山，我们终于到达了目的地。

　　采访团的活动得到了西藏驻军的大力支持。来到高原，有的同志身体不适，西藏军区总医院和武警西藏总队医院派了两个医疗队，每天来我们的驻地巡诊，送来药品和氧气瓶。特别令人感动的是，西藏军区副司令员兼总医院院长李素芝亲自带领医疗队，到各位记者的住处问寒问暖，并盛情款待了采访团的全体同志。对几位症状明显的同事，他们接到医院予以治疗，保证了记者团以良好的状态投入工作。

　　西藏军区、空军拉萨指挥部、武警西藏总队和武警森林总队的领导同志出席了采访活动的启动仪式。这次采访除拉萨外还有赴日喀则、山南和林芝的3个采访组，每组需要两台车，都是由部队保障的。西藏军区和武警驻藏单位不仅保障了6台长途车，每一个方向还派出了带车干部。

　　拉萨的几天活动比较紧张，我们报道组向林芝开拔时已经是下午4点多了。在通往灵芝的路上，随行的西藏军区政治部张干事向我讲述着驻藏子弟兵与各族人民同呼吸、共命运、心连心，在雪山冰峰之间谱写爱民壮歌的故事。

　　从藏北无人区到雅鲁藏布大峡谷，从雪域孤岛墨脱到阿里海拔5800米以上的哨所，数万卫戍指战员驻扎、驰骋在冰峰雪岭，为巩固边防，维护稳定，构建平安和谐西藏倾注全力，默默奉献。

自18军进藏以来，广大指战员尊重群众、宣传群众、团结群众，砸碎了封建农奴制，让广大藏族同胞走上了幸福路。经过半个多世纪的艰辛奋战，驻藏部队官兵在世界屋脊上修建了第一条公路、第一所学校、第一座电站，创造了200多个第一，为民族团结树立了一座座不朽的丰碑。

广大官兵送科技、送文化、送法律，宣传党的富民政策，把党的声音传进各族群众的心田，把先进思想文化送到雪域高原千家万户。他们尊重民族文化、尊重各民族的风俗习惯，积极为群众排忧解难。当自然灾害向群众袭来时，人民军队挺身而出，被誉为"抗灾神兵"。近几年，驻藏官兵在抢险救灾中为人民挽回的经济损失就有上千万元。他们大力支援当地经济建设。太阳映照下的处处"连心桥"、"爱心路"、"幸福井"，见证了人民军队对西藏各族人民的爱，这是镌刻在世界屋脊上的大爱。

聊着聊着，天渐渐黑了下来。司机士官小冯注意力十分集中，处理了几次险情。尤其是黑色的牦牛，它们是公路上的常客，从来都是悠然自得地散步。天黑以后，全黑色牦牛这些不速之客在路上的突然出现，对我们的驾驶员确实是个严峻的考验。好在部队给我们派的都是经验丰富的老司机，近半个月的采访活动虽然行车上万公里，但几位部队司机以他们精湛的技术、热情的服务，保证了我们安全地完成任务。

到达工布江达县，已经是晚上8点多钟。在黑魆魆的山峰间，正月十五的月亮格外明亮。郭凯说了句"这里的月亮好象伸手就能摘到"，立刻引起大家的共鸣。我马上嘱咐军区张干事，准备些酥油茶、糌粑和青稞酒，我们赴灵芝报道组要过个特殊的元宵节。由于饭店的老板们大多回家过节还没有返回，找个吃饭的地方也不是很容易。张干事在路边找了个他同乡四川人开的饭店，从隔壁的藏点馆打来了酥油茶，才让多杰熟练地制作起糌粑来。

由于要赶路，在张干事的催促下，很快十几个热腾腾的菜摆上桌子。李朝奋、郑颖、张克清、雷恺、陶宏祥、郭凯，我们林芝报道组的同事举起青稞酒，为这个特殊的元宵节干杯，也预祝我们采访活动取得成功。

由于要赶回北京参加总部组织的重要活动，我2月11日便要从林芝转道成都回北京。10日这一天的活动安排得特别充实。林芝军分区的政委郭岚同志，是我在总政宣传部工作时的战友。见到郭政委已经是 10 日凌晨 1 时了，高原的紫外线使他的脸庞变得黝黑。为了尽一个军人的职责，年近半百的郭政委放弃了北京大机关的优越工作和生活条件，毅然来到西部边防作一个雪域高原的守卫者，不禁让人肃然起敬。第二天，我们参观了林芝军分区的区史馆，深深为指战员卫戍边关的奉献精神所折服。在西藏林芝南迦巴瓦峰下，我又向郭政委了解到许多边防军人鲜为人知的故事。

雅鲁藏布江和尼阳河的交汇处，有一支特殊的部队，他们就是雅鲁藏布江船运队。50 多年前，他们就在江上为部队和群众运送物资，并多次完成抢险救灾任务。码头上有一条旧木船，陪同我的几位官兵都说不出它退役的年代了，但这条船在雪山和江水的映衬下，显得充满活力，仿佛在诉说着驾驭它的那些干部战士创业和奋斗的历史。停靠在它不远处的运输艇，则让我们看到了部队装备的变迁。由于雅鲁藏布江正处于枯水期，我们只能登上快艇在江里饱览两岸的风光。

林芝军分区苗族宣传干事张文恒，他的藏族妻子尼玛在林芝劳动人事局工作。我们应邀到尼玛乡下的家中做客。一进入典型的藏式院落，首先映入我眼帘的是一辆轿车和包括大型收割机在内的一排农用机械，折射出藏族同胞们现在的幸福生活。这幸福也体现在尼玛家人的笑脸上。尼玛和她的嫂子一边介绍情况，一边为我们唱起藏族歌曲，中间还翩翩起舞，博得大家热烈的掌声。由于要到军分区迎接杜嗣琨副总编和杨志东主任一行，我们只好带着恋恋不舍的心情同主人话别。

从尼玛家出来，越野车行驶在盘山公路上，司机打开 CD 机："不敬青稞酒呀，不打酥油茶呀，也不献哈达，唱上一支心中的歌儿献给亲人金珠玛……"我请他把声音调大一点，好让这歌声在雪山和雅鲁藏布江之间回荡。

是啊，没有人民的军队，就没有西藏的安全稳定，就没有新西藏的繁荣发展。没有人民军队的大力支持，我们这次采访报道活动不知道会遇到多大的困难呢。感谢解放军！金珠玛米，哑咕嘟（解放军好）！

（孙　健）

雪域高原格桑花　第二部分

第十八篇　"幸福的太阳照耀家乡"

这次去西藏采访，赶在了农历春节之后，藏历新年之前，出发前就觉得，真是选了个好日子。

好日子的标志就是乍暖还寒时候的艳阳高照。2009 年 2 月 5 日从北京出发，艳阳高照；2 月 20 日离开西藏，同样艳阳高照。

当然，艳阳高照的日子即使在初春的西藏也并不稀罕，不论是在世界上海拔最高，线路最长的高原铁路——青藏铁路沿线，还是一路经过却难得一去的藏北牧区那曲、当雄，更不用说著名的日光城拉萨了。

可是我们的目的地在山南。

一、山南的阳光更迷人

山南不仅是孕育藏民族的摇篮，有西藏第一座宫殿雍布拉康，第一座佛、法、僧三宝俱全的寺院——桑耶寺，西藏历史上的第一块农田，还有我们要去采访的西藏民主改革第一村克松村，西藏第一个朗生（农奴）互助组和生活在喜马拉雅山山麓的珞巴族同胞。

在乃东县结巴乡结巴村（结巴是藏语"黄刺树"的音译），当年诞生了西藏第一个朗生互助组（穷棒子互助组）。65 岁的村支书小多列曾经是互助组的一员，这位农奴出身的老人，特意带着我去看他家只有一个小窗户的牛棚。他说，民主改革前，他们一家就住在这样黑乎乎的牛棚房子里。

现在，小多列一家六口人住上了 9 间宽敞明亮的房子，温暖的阳光洒在他的脸上，映出一圈柔和的光晕。院子里国家发给每家每户的太阳能灶正在给幸福的日子缓缓增温，这里的阳光看起来真的让人陶醉！

陶醉在阳光下的不止小多列一家。

二、阳光穿过了密林

在中印边境的隆子县斗玉乡斗玉村，这个珞巴族群众聚居的地方，错落有致，宽敞明亮的房子让我印象尤其深刻。

我们是去隆子县斗玉乡斗玉村采访珞巴族党代表、斗玉村村支书小加油。小加油这个名字是音译，很响亮。她出生在1954年，对小时候的生活印象很深：当时就是跟父母，跟族人住在深山老林里，住的是用竹子搭起的简易房子。因为珞巴族是个以游猎为生的民族，他们以前过的就是刀耕火种的生活，可以说直到20世纪50年代还处于原始社会末期家长奴隶制阶段，同样受到当时西藏封建农奴主的剥削。

这样的生活一直持续到西藏民主改革之后，珞巴族人开始陆陆续续下山定居，分到了土地和牲畜，生活开始发生很大的转变。用当时的话说，叫"一步跨进了社会主义社会"。

现在小加油的家早已变成了土木结构的房子，足足有两三百平米大。最吸引我注意的是她家桌子上的一本英文课本。这个只有本民族语言，没有本民族文字的民族，很多人像现在小加油的大女儿一样，不仅能说珞巴族的本民族语言，还能说藏语、汉语和英语。

可以说这个大山里的民族正在打开一扇又一扇大门，迎接穿过密林的幸福阳光。

三、"幸福的太阳照耀家乡"

在西藏，会唱歌并不稀罕。这个能歌善舞的民族，似乎每个人都有天生的金嗓子，每个人都有天生的音乐节奏。随便找一个出来，都像专业歌手。

多布杰是真正专业中的专业歌手，是个歌声飘在云端的男高音歌唱家。在采访他之前，我并不知道，西藏民主改革前，这个能歌善舞的民族几乎没有现代意义上的专业音乐工作者！

多布杰出身农奴，很小就开始帮父母干活。如果不是民主改革，他的命运将和父母一样，继续做寺院的农奴。

多布杰是幸运的，50年前的三月，西藏实施民主改革，像千百万农奴一样，多布杰的命运发生了巨大转折。

从小喜欢唱歌的多布杰，民主改革后被选到地区文工团，成为全西藏第一批现代意义上的专业音乐工作者，他的歌声穿越云端，在山南被广为传唱。

如今四十多年过去了，与多布杰那时不一样的是，现在，对于西藏喜爱音乐艺术的孩子来说，除了天生的金嗓子和传统的民族歌舞以外，无论是全日制的普通学校教育，还是专门的艺术学校，都让他们有更多的机会发掘自己的天赋，按照自己的意愿成长为一名专业的音乐工作者。就像多布杰的歌中唱的："幸福的太阳照耀家乡，今天是个好日子……"

（丁晓兵）

第十九篇　今日西藏行

一、"先知先觉"

很幸运，我报名参加中央台大型报道"雪域高原格桑花"采访活动能够入选。因为对广播的热爱，让我在任何时候都对这种召唤充满激情，因而对参加这次采访活动，心中怀有一种感念的压力，而忽略了很多现实思考。比如此时入藏，是气候最不好的时候，高原反应会比较强，行前根本就没有过脑子。想的是怎么做好这次采访，找了一堆也不知能否用得上的有关西藏民主改革 50 周年的资料。

现实考验如期而至，从西宁坐火车进藏，过了五道梁，还没到唐古拉山口，我就开始有些头疼，不知道是真的高原反应还是火车上一夜没有休息好的缘故。更窘的是恶心呕吐，惹得同行的"弟兄"们纷纷为我担忧，领导也过来直慰问。我嘴上说没事，但一直快快地躺着，尽可能抑制说不清楚的难过，心想必须战胜这个"反应"，不能没上战场就倒下。当车缓缓停在西藏火车站时，我已经把胃里所有东西"清理"干净，若无其事地和大部队顺利走出拉萨火车站，和早已等候我们的西藏站的同志们汇合。虽然脑子有些懵，但自我感觉已经好多了。这里的夜很静。感受着清冷的空气，望着天上的月亮，真的觉得这里离天很近，这里的月亮比别处的亮，而我，已经稳稳站在了西藏高原上。

随后的休整日，我已经没有什么不适。虽然第一次来到西藏，有很多想去看的地方，但我保证休息，积蓄精力，严格按照要求早睡晚起，为的是能够保证完成我来此的目的——做好工作。

后来，部分同志开始有些高原反应，而我却在踏上西藏土地后没有了任何不适感觉。同事们说我真是"大师"，"先知先觉"。

二、心急

为让我们能够很好的完成这次采访任务，中央台和记者中心做了精心的安排，西藏站做了大量的前期准备工作：特地安排进藏后休息两天来适应；西藏站前期已经准备了 27 个人物的基本资料。可我在睡了一宿之后，心里就有点发急，没看到准备的人物资料，也没有安排任何事情，就是吃饭睡觉，睡觉吃饭，一天就过去了。实在憋不住，没有去看布达拉、大昭寺和著名的八廓街，和几个同事跑到西藏博物馆去看了《西藏今昔》展览，切实了解和感受西藏历史和废除农奴制度 50 年来翻天覆地的变化，算是为采访做了个准备。前后不过两小时，头开始蒙蒙的，很累的感觉，赶紧打道回府。终于体会了领导安排的良苦用心，也心安理得地开始放松休息，心急的心情一扫而光。一再告诫自己，动作要慢，心情要缓，现在的休息是为了更好地工作。西藏记者站的同事们也反复告诫：走要慢，别着急。"不急"是我这个急性子进藏最需要适应的。

三、去日喀则

终于开始工作了。2 月 9 号"雪域高原格桑花"大型报道启动仪式简短隆重，自治区常委、宣传部长以及保证此次采访车辆的驻藏各部队代表也都赶来参加。按照计划，我们一组去日喀则，另两组一个去山南，一个去林芝。林芝海拔相对低缓，风景秀丽，但路程较远，会后这个组就匆匆启程了。山南历史悠久，被称为西藏民族文化的摇篮，西藏民主改革第一村就在那里，大家开玩笑说，去那里的都是文化人。我们要去的日喀则地区冬季没有什么风景可看，相对另两个组所去的地方，海拔也更高一些，它处于喜玛拉雅山脉中段与冈底斯—念青唐古拉山中段之间，平均海拔在 4000 米以上。我们笑曰：到日喀则的是身体强壮的人。更由于组长刘华栋是青岛人，日喀则是青岛援藏对口地，在北京就一直听他念叨，所以，我们组是公认要去日喀则的。中央台驻西藏站旺堆站长为了我们工作更为顺利，把家在日喀则的驻站记者罗布次仁派到我们组，让我们着实地高兴了一番，而后来的经历也证实罗布的加入，的确让我们组的工作顺利了很多。加上我们组还有中广网的小陈钟，可以说，我们这个组视频、音频、加上翻译，人员组合搭配着实合理而综合全面。

10 日上午，我们启程赶往日喀则，说是一路无风景，但西藏处处皆风景。和我们同车的罗布成了免费导游，一路走一路说，让我们尽览冬日西藏风情。

日喀则地区地处西藏自治区西南部，南与尼泊尔、不丹、锡金三国接壤，西衔阿里地区，北靠那曲地区，东邻拉萨市与山南地区。全地区以农牧业为主，粮食产量占全区的 40%，商品粮占全区的 60% 以上，畜牧业总量在全区各地市中居第二位，被称为"西藏的粮仓"。

历史上日喀则地区亦称"后藏"，是西藏的一个重要行政区域。行署驻地日喀则市历来是西藏第二大城市，建城至今已有 600 多年的历史，是日喀则地区政治、经济、文化中心和交通枢纽。历代班禅的驻锡地扎什伦布寺就在日喀则市，它是藏传佛教格鲁派在西藏的四大寺院之一。

我们沿着拉萨河、雅鲁藏布江一路向西，山黄水绿天蓝，拉萨河的黄鸭野鸭成群，三两飞过蓝天，偶尔还有稀见的黑颈鹤悠闲自得。车窗外掠过的路旁树木，粗粗的主干上条条枝叉伸向蓝天，给我一种不屈不挠的坚韧印象。间或能远远看见勤劳的藏族农民在田地间翻耕土地，做着春耕前的准备。真是一幅人和自然和谐的图画。

令我惊讶的是，出拉萨城进入日喀则地区，就不时见到大片大片的塑料大棚区，间或在飘着经幡的藏屋前后，零散大棚也越见寻常。后来的采访证实了我的判断，西藏现在新鲜蔬菜的种植已经非常普遍，早已不是人们过去印象中的状况。莲花白、莴笋、菠菜、芹菜、韭菜、辣椒、番茄、黄瓜等细菜已经成了藏族同胞饭桌上的家常菜。

给我印象深刻的还有，沿途经过的地方有的沙化非常严重，半座山都成了沙山，路旁的一片片小树林，延至沙山脚下。罗布说，小的时候就看到人们不停地在种，但成活率很低，因为这里主要还是靠天吃水。罗布慨叹这些地段沙化速度之快和人们固沙绿化努力的坚韧。耳边听着他矛盾的介绍，映入眼帘的景象，让我深感自然和人之间也有永无止境的顽强争斗，还有那远山深谷，总有繁衍生息的人们，他们顽强地固守着我们的一份国土。

从拉萨到日喀则，一路的平整柏油路。罗布说现在已经修整得非常好了，过去可不是这样，西藏的公路变化这几年可以说是天翻地覆。都说墨脱还没有开通，其实路已经修好，后来发生了地质灾害才又断的。

迎面的山顶飘着各种色彩的经幡，罗布说那应该是这个地区的天葬山。转过眼前的这座山，我们已经到了日喀则——罗布的家乡。

四、藏区干部

在日喀则我们见到的第一人是日喀则市委常委、宣传部长次央，一位藏族女干部。其实未曾谋面，我们就已经听到对她不少的介绍：一个非常有工作能力的很好的大姐，而且能歌善舞，还是一个贵族后裔等等，叫我们直想把她作为一个采访对象。

朴素的装束，热情的笑脸，很痛快爽朗的人，汉语极好，当然有着一种特殊的口音。我们开门见山和大姐谈起工作，没想到她痛快的让我惊奇。都说这里是慢节奏，但部长大姐不仅说话快，办事也快，三下五除二就把我们的采访安排好，而且想的也很周到。她说："你们来给我们做宣传，这么好的事情，当然要配合好，而且华书记还特别交代了，我得完成好任务啊。"

在和我们谈话中，部长大姐的电话一直响个不停，一会儿上海、一会儿北京、一会儿山东。每次讲完电话，她都歉意地笑笑："都是各地的朋友，哪里的都有，都和我们日喀则有联系的。"让我突然有种感觉：西藏连着祖国各地！真是这样，来到日喀则，华栋最高兴，仿佛回到了青岛。比如我们到市委院里，他说门楣前的塑像和青岛市委的几乎一样，仔细一看，是青岛援藏干部捐款修建的。日喀则大街上的路有青岛路，上海路，吉林路……后来了解到，西藏各地都是这样，标志性的街道和建筑奇多，堪称一景，一看就知道对口支援的省市。

华栋组长的书记朋友我们虽然还未见面，也如部长大姐一样，让华栋和部长介绍得仿佛已成了老朋友。而在我们即将离开日喀则的前一天，书记终于赶回来。华玉松——青岛援藏干部，已经在日喀则一年半。华书记也是一个极为爽快的人，不愧团干部出身，讲话极富感染力。他对西藏文化的熟稔，对做好藏区工作的独到见解，以及和市各级干部的融洽让我们领略了他的人格魅力和亲和力。我们接触到的援藏干部不多，但他们对西藏都怀有一种深切的热爱情怀，这令我们感动不已。

五、江孜一瞥

江孜古城，位于日喀则地区东部、年楚河上游。在日喀则地区采访的第二天，我和罗布、鸿燕、陈钟赶往那里，去采访既定的人物。

从江孜向东可去拉萨、山南；向北可到日喀则；向西可经岗巴、定结直到定日；向南可经风光秀美、横穿喜玛拉雅山的亚东沟，直达边境口岸亚东，所以很早以来江孜就成为佛教徒、商贾、游人汇集之处。

江孜古城又是一座英雄城。1904 年，江孜军民在这里谱写了反抗外国侵略，保卫祖国领土和主权的英雄篇章。至今，宗山堡上仍保留着当年抗英的炮台。这里名特产品主要有卡垫、地毯、挂毯和女式金丝帽等，现今保留最好的农奴主庄园——帕拉庄园就在这里。我们就是专门冲着卡垫和帕拉庄园来的。

赶了一个半小时的路程，兵分两路。我和罗布到江孜卡垫厂采访。罗布的家就在英雄广场边，几过家门不入，跟我们采访直到天黑。卡垫厂长出身编织卡垫的世家，今年 57 岁。我们组原计划把这个选题做为重点，可采访对象汉语只听懂不多的几句，使我多少有些犯难。我问一句，厂长眉飞色舞地说了不下十句，我一句没懂。幸亏罗布在，而看到罗布操着同样抑扬顿挫的藏语和厂长交流,我急得抓耳挠腮。吸取第一次采访的教训,这次我和罗布商议,说一段,翻译一段。虽然慢一些,但能随时交流,更重要的是在后期制作时可以原音、翻译音并用。采访不知不觉进行了两个多小时,我们仍意犹未尽,相约明天还得再补充采访。

由于罗布父母盛情邀请,晚上我们来到罗布的家,一排四门的门面出租房,后面是罗布父母的家。鸿燕一进门就嚷嚷说,罗布你家太豪华了。

我欣赏着具有藏民族特色的装修,目测着整体的面积,罗布家真的很好,八成新的房子极为宽敞,干净整洁,透出这里女主人的勤劳。罗爸爸是一个憨实的藏族汉子,话非常少,一脸的笑意,罗阿妈忙里忙外,忙前忙后地给我们沏茶端酒。也许有时间没见大儿子了,她端起满满一杯敬儿子,慈祥的脸上挂着满足,而罗布也斟满酒杯回敬母亲,看得我们好羡慕这对母子。还有罗布的弟弟,一个比罗布还帅的小伙,忙着给客厅开电热器,怕我们冷了。在淳朴、真挚、热情、其乐融融的家庭氛围中,我们心里暖洋洋的,每个人都像回到了家。

六、零距离接触

此次我们进行的采访,除西藏站提前准备的 27 个人物外,其余所有的人物都需要我们到下面挖掘,而且要找各地最基层最普通的人,用他们日常最普通的现实生活反映西藏废除农奴制度 50 年来的巨大变化。

我们组在日喀则地区采集了 15 个人物,大家各抒己见,对人物进行先行分析准备,哪些要精彩,哪些是重点,哪些 pass 掉。采访回来又群策群力根据素材进行预写设计,比如《蔬菜大王丹增》、《强巴一家酿出新生活》、《农民边巴的"十年规划"》、《卡垫世家甜蜜的"苦恼"》、《拉日老师》、《房子的变迁》、《老兵夏爱和》、《村里的年轻人》、《两代人一世情》、《唱支山歌给党听》等等。一篇一篇地"过堂",从主题、脉络、到题目,一晚一晚地讨论,兴致盎然,总是意犹未尽。个人讲述的采访过程和对采访的思考迅即成为所有人的采访和思考,那种创作的乐趣感染着每个人。和藏区每个采访对象零距离接触给我们留下了深刻的印象，虽然他们有着不同的身份、不同的年龄、不同的人生，但对人的热诚、对新生活的热爱、对西藏变化的由衷赞美却是共同的。

我的第一个采访对象是和罗布一起采访的蔬菜大王丹增书记。日喀则蔬菜种植基地年木乡夏胡达村，正是我们从拉萨到日喀则路上看到蔬菜大棚最多的地方。乡干部带领我们来到村队部，正午的阳光照得人暖洋洋的，场院里一幅农家悠闲"油画"倏然出现在我眼前：屋檐下，大队会计坐在一个方桌前扒拉着算盘正给排队的人们发劳务工费；靠着房墙，一些妇女或站或坐，面前放着笸箩，捻着线，线陀捻的飞转；男人们在场院中间忙着称青稞，大小袋子堆在脚旁，等秤的人凑在一起，手里摊着一把青稞，谈论着好坏；大大小小的孩子围着一拨一簇的人们跑来跑去，我们一行人的闯入，也只稍稍吸引了他们的一望。

乡干部把书记叫来，我们掀开队部的门帘走进屋子，开始采访。丹增书记高高的瘦削个子，头戴装饰着羽毛的毡帽，上身穿着新的藏式氆氇外套。一聊起来，满口的藏语把我说得云山雾罩，最后采访成了罗布的藏语专访，我自动成为专管录音机的助手。

回来的路上，罗布一一给我翻译了丹增书记种菜的各种故事：什么"杀虫请喇嘛念经"了，"种菜大棚别人砸"了，"种出的蔬菜不会吃"了，以及丹增在困难中坚持终获丰收，发展大棚新鲜蔬菜受市场欢迎，带动全村成为蔬菜专业村等等。材料非常丰富，但我还是觉得掌握一手材料的罗布才能写得更加生动，就高兴地把写稿任务推给了罗布，并自告奋勇说："录音我提供。"而最令我感动的是，罗布用一个晚上就把这次三个小时的采访录音全部翻译成汉语，以便我们共同谋篇写稿。

七、尼玛师傅

大昭寺、八廓街，是西藏除布达拉宫外最著名的地方，也是到西藏来的人必到必看的地方。在我们组回拉萨后的采访人物中，就有大昭寺喇嘛——

尼玛次仁。旺堆站长早在私下里告诉我，这个喇嘛不一般，不仅汉语说得流利，英语水平也了得，而且对藏佛教研究有很深的造诣。因为前几个采访对象都是几乎不懂汉语，采访总有一种隔靴搔痒的感觉，我渴望能有一次通畅交流的采访，加上自己非常想更深地了解藏传佛教，我第一次在组里积极争取这个采访。

任务分下来不过半小时，我就和尼玛师傅电话预约了采访。电话里听来，尼玛师傅的汉语流利得不带一丝口音，但却有一种安详的缓慢。一见面，我就认出前几天我第一次走进大昭寺看到的喇嘛就是他，而那时我还不知道他是今天要采访的人，真是缘分。采访顺利得让我不带一丝遗憾，尼玛师傅是一个绝好的采访对象，他谦和自然，每个话题娓娓道来。无论是介绍大昭寺的历史，还是传讲佛法理念，他都滔滔不绝地讲得深入浅出，生动活泼，内在的睿智全部得以焕发。他的语言天赋、丰富的佛学知识以及对于西藏文化和历史的深刻了解，实在令人惊叹。

人们印象中的西藏喇嘛就是在森严的寺院中以酥油灯为伴，千百遍反复颂诵经文，过着完全超凡脱俗生活的人。但从尼玛师傅身上，你却会感觉到新时代的喇嘛不仅热爱藏传佛教，热爱大昭寺，也热爱生活，并愿意为社会和谐作贡献。在僧舍门外，尼玛师傅指着一些摆着的盆盆罐罐说，那是他种的花，花开的时候可漂亮呢。他说他喜欢。一种欣悦瞬间挂在脸上，睿智的眼光中揉进了一丝浪漫。

八、追加的采访

20 天的采访就要结束，领导特批一天的时间让大家采买一些东西，转转没去的地方。这次西藏采访时间不算短，走的地方也不少，能深入到市、县、村。但谁也没能认真地看看，全部是挤时间匆匆一瞥。原本我想舍弃参观几大寺庙，留下充足时间采买些东西，作礼物带回去给朋友，因为来一次西藏毕竟不容易。可我组的小陈忠极其认真，分到采访益西洛追的任务后，总感觉没有采好，一定要补采，而且拉住我们几个就研究，并认真地"汇报"采访的内容。组长华栋对我说你陪着去吧，因为他们还有一个名人——才旦卓玛要采访，几个年轻人一定要去和西藏歌神拍照。我也只好如此，谁让我是大姐呢。

因为陈钟到过益西老人的家，我就随着他，谁知却走错了楼门，急得小家伙一脑门子汗。仔细看原来老人住在西边楼门里，这两座楼一模一样，看得我直笑。它是内地公寓楼和藏族建筑的结合，小区非常整洁，楼道和楼梯露在外边，楼的房间全部朝南，一面一排整齐划一，所以非常容易混淆。

走进老人的家，好像是三室一厅，一间套一间。家里的摆设布置也是汉藏结合，客厅装修成藏式，长柜上摆着五谷斗，供奉着活佛。老人说这套房子是前几年政府盖后分给他们这些原住户的，他一家三口现在住这里很好。老人退休后长年在街道居委会工作，热心公益事业。由于准备充足，这次陈钟重点录了很多老人生活中的音响素材。临出门，我突然看到老人桌上摆着的两盆绿油油的植物，仔细一看是青稞苗。老人介绍说，快过藏历年了，这是藏家习惯，过年每家都会摆上几盆青稞苗的，寓意来年丰收。还有 6 天就是藏历新年了，我们看到大街小巷穿行着采买人群的身影，益西老人说，老伴出去采买一上午还没见回转。走出小区，街上就是一个市场，卖肉的，卖新经幡的，卖奶扎的，卖新五谷斗的，当然还有卖企盼来年丰收的绿油油青稞苗的。

九、回望

要走了，我们终于结束采访今晨离开拉萨。由于时差，走的时候天还没亮，西藏站的同志们早等候在大厅，给我们每个人献上哈达。我望着外面清冷的黑天，想起刚来的时候也是清冷的暗夜，为迎接我们，站长旺堆给我们每个人也献上哈达……太快了，转眼就结束了在这里的采访。我们依依不舍，相约着再见，或者再来西藏，虽然不知道是否还能成行。

今天早上，肖志涛做最后一次连线，一上车就在昏暗的灯光下熟悉着已写好的内容，不停嘟囔着，到最后还觉不过瘾，突然说："同志们，今天我们走了，这最后一句应该全体说：'祝西藏人民和全国听众扎西德勒！'" 即刻得到大家一致赞同。可又感觉一句话太长，说不齐。略一思索，我建议小肖，前面的话你说，最后"扎西德勒"四个字大家一起说不就行了吗？全体人员被小肖调动起来，大家吼着嗓子练了两遍。当直播连线的时候，最后全体人员齐声说出："扎西德勒！"

抬眼望去，车窗外天亮了，美丽的拉萨河映入我们的眼里……

（明慧）

第二十篇　感受西藏

一、在青藏铁路上

我们中央台"雪域高原格桑花"报道组 2 月 5 日从北京出发飞至西宁，晚上 8 点多从西宁坐火车到拉萨。西宁到格尔木的路火车行驶一晚，一路扑通扑通的行驶，恰如心脏有节奏的跳动。2 月 6 日 6 点 45 分，车停格尔木，时差的关系天依然呈深蓝色。大伙纷纷醒来开始洗漱，讨论白天路上能不能看到藏羚羊，几点路过唐古拉雪山，每个人都如此期待……

我斜躺在卧铺上，徒劳地想着火车昨夜带着我爬高了多少海拔，我的脚步又向西延伸了多少。想起以前最南到过海南，最北到过佳木斯，我一直生活在东部，中国大片土地的西部我却只去过寥寥几处。对于西藏最初的念想开始于同事郎峰蔚、邱翔在珠峰大本营写下的日记，那些壮丽景色、淳朴民情曾在脑海中回荡过无数次，但还是不敢相信今天我正在前去的路上。我竭力压抑自己的心情，想起亚然之前提醒我要少活动，我告诉自己要做到平静再平静。但可能吗？很多的同事已经在走道里试着用相机拍摄外面的景色，讨论着如何拍摄出最佳效果。

不知觉中火车又启动了，格尔木到拉萨，这是真正的青藏铁路旅程。这条铁路通车时，我曾有机会参与记录那历史一刻，可最终还是错过了。我仍记得做过一期网络策划，名叫"青藏铁路脸谱"：这是一条高原铁路，克服了冻土等恶劣环境；这是一条环保铁路，为动物建设了专门的通道；这是一条拥有四川变脸般一步一景，有不同脸谱、变幻莫测的神秘铁路。火车将用 26 个小时丈量着这块广阔的土地。一路上，我们看到大批的藏羚羊、野驴、兔子、牦牛，偶尔会有几只藏羚羊回头观望一下，甚至还有两只藏羚羊追逐了一阵子列车，这都让我们激动不已。但更多的时候它们都是低头若无其事地啃着青黄的小草，这是它们的领地。还好，青藏铁路并没有惊扰到这群高原精灵。

缺氧的高原上生存性格应该是平静、平和的，野生动物们深谙此道，可兴奋、惊叹消耗了我们这些过路者的大部分体力。长途跋涉，喜悦、耐心在不知不觉中磨损，疲惫、不适也都随之而来。同事明慧中午只吃了点黄瓜，列车员拿着垃圾袋收拾垃圾的时候她都吐了出来；肖志涛缺氧感明显，迷迷糊糊睡了过去；郑颖也是嘴唇深紫，一脸不适……我们手忙脚乱地彼此照顾，可听到最多的依然是"没事没事"。大家都隐忍着，像是共同憋着一股子气，脸上笑着心里闷着。心里暗暗告诉自己：这是中央电台重大主题报道，是写了多少次请战书才争取来的机会啊，现在可不能非战斗减员。带队领导中央台副总编杜嗣琨、记者中心主任杨志东与副主任李宪力显然看出了这一点，他们在火车上一格子、一格子地走，询问大伙身体情况。抓住大伙"不甘示弱"的心理，他们大谈自己现在的高原反应，应对的方式，一再强调"要注意哦，不要硬挺着"。他们请来列车医生为高原反应较为严重同事做检查，确认正常后"强迫"大伙吃了药睡下才松了口气！

我高原反应总体感觉还不大，看到铺上丁晓兵正在看昨天台领导送行的新闻，就拿过来看看。想起自己没有把拍摄的这段视频DV交给过来拍照的同事，感觉自己工作还没有进入状态。又想起网络中心赵连军主任亲自送行，想起临行前同事的种种嘱咐，心中不免多少感觉有些愧意。我打开笔记本开始按照邱翔临行前的要求，筹划这次前方采访工作重点：自己要做的几件事，要发动我们二十多位记者写手记、拍照片等等。

希望西藏之行不负领导和同事的期望。

二、帕拉庄园——西藏今昔生活标本

在西藏，有一处保存完好的封建农奴主庄园——帕拉庄园。我们"雪域高原格桑花"报道小分队驱车探访了这个农奴制标本。旧址所在地江孜县班久伦布村,居住着的大多是帕拉庄园农奴的后代,他们现在生活得怎么样了呢?

进了村,内地援建的乡村水泥公路上,马车、拖拉机、摩托车、小轿车热闹地行驶着。热情的藏族群众用真诚的笑脸欢迎我们这些并不相识的外地人。我们担心错过帕拉庄园旧宅,把车停一边,下车步行,几步就发现了它。"淹没"在四周新建藏式小楼中,庄园旧宅显得格外"落寞",大门紧锁,门牌已经摇摇欲坠,听说里面也是破旧不堪,现在正紧张维修。50年岁月彻底带走了它昔日的"威风"。

我们还是希望能够走近它、感受它。找到负责导游的两位藏族青年商量,最终同意我们进去。进门就是两层成排的朗生(农奴)院,空空荡荡狭隘阴森。擦去历史灰盖头的无数灰尘,抚摸着多年前被磨得油滑的楼梯扶手,我浑身颤抖。当年对面阳台上庄园主一声叫唤,多少农奴就是扶着这把手冲下楼跑过去服侍的。走上二层,脚下稍微重一点,地板就会吱吱作响,仿佛有太多灌了铅的双脚踏在这里,又仿佛有很多的农奴正与我擦肩而过,让人感慨万千。

外面的阳光直射头顶,进屋却低矮黑暗冰冷忧郁,总感觉有一种苦难沉淀其中,淤积而得不到宣泄。低矮的门,一尺见方的窗,房间大约只有10平方米左右,中间架起一眼小土灶,旁边就是睡觉用的土炕。梁上的横木被熏得乌黑乌黑,象征着当年农奴们苦难生活的颜色!我们没有看到更多,很多展品因为维修而收起来了。走出帕拉庄园,我们看到门前的路依旧喧闹,不断有村民走来走去,如同走过其他邻居门前,并不会刻意注视庄园。似乎只有我们这些拿着摄像机、相机、录音笔的人关注庄园,村民们已经实现了与苦难"活化石"的和谐相处。我暗暗问自己,如果大家已经淡忘,我们再挑起当初的伤疤,是不是有点残忍。

其实不是,那实在是一种更好的对比。在村委会门前——距帕拉庄园旧宅几十米处,我们找到了46岁的村委会主任连罗。连罗告诉我们,现在村里有86户共476人,过去农奴时代一无所有,现在人均收入接近4000元;过去每户不足12平米,现在每户居住超过400平米;家用电器应有尽有。

村里发展了奶牛养殖项目，刚立项时，政府一下子给村里买了200头优质奶牛。现在每户每天都能卖四斤左右酥油，这样起码就有50元以上现金收入。此外，村里还在援藏省份的支持下，组建了建筑队、粮油加工企业，购买了村委会办公设备，铺建了水泥路。身为农奴后代的连罗自豪地说，"全村人现在每天都能吃上新鲜菜、新鲜肉，当时的庄园主都吃不上。"我们问："现在作为一村之长与当初的庄园主有何不同？"连罗笑着说："庄园主希望庄园好，我也希望这个村发展好。可当年庄园主为的是自己，欺压我们老百姓，而现在我是为了村里群众谋利益。"

在西藏采访期间，80后的我经常会有一种不经意，心中的坐标从来是中国东西部之间，只是平面，而没有时间刻度。走访班久伦布村村民家，更多了解了西藏百姓今昔生活变化，帕拉庄园更成为我心中的立体标本。这个标本把过去和现在同时展现给我，让我在帕拉庄园门里门外的进出中，有如此强烈的对比和感叹！

三、选择离开西藏的方式

"雪域高原格桑花"采访进入后半程，华栋老师告诉大家，报道组决定2月20日返程，让大家尽快完成好自己剩下的活，并确定离开的方式——是从成都走还是从拉萨直接飞北京。之前忙着采访，心中只恋"格桑花"，现在却有些怅然若失。

这块美丽的土地，神奇的拉萨河，碧蓝的雅鲁藏布江，养育了多少藏族儿女，让人在高山严寒之间有了条生命通道。广阔的西藏、水土合一的冻土、千里朝拜路、不含杂质的微笑、美丽的高原红、略咸的酥油茶、土木结构的藏式小楼，让人着迷、颤抖、流泪。想起咳嗽时晓兵的一小瓶药；想起大意时华栋大哥式的亲切责备；想起思路一致时鸿燕爽朗的大笑；想起江孜采访时明慧带队的外柔内刚；想起焦虑时更伟善意的点拨……

难忘善良真诚热情的藏族群众，难忘同事彼此指正、相互照顾的温情采访。昨晚肖志涛来我们房间，说清晨起来，惊异发现自己泪流满面，他说自己也想不起来因为什么事情了。一个东北汉子的哭泣不足为外人道，可这是"平原法则"，在高原上失效！我们有共同的感觉，人清澈得自由舒展，身体放松得轻微舞动，也许只有在高原上，没有"病菌"的高原上才会有心情的过滤，抛却人间的俗恼！说它是天堂，谁又能说不是呢？

工作给了我们与西藏普通老百姓心与心交汇的机会，连我们今天采访大昭寺僧人尼玛次仁都称赞这次的采访主题——雪域高原格桑花！我当时笑了，国家电台把视角放平，实现普通人的人文关注，普通人的50年生活变化，这真的非常难得。当然我们获得的更多。这些天我们报道组都有很多感受，而其中有一种感受惊人的一致，那就是藏族群众的真诚与热情。"扎西德勒！"这是我们在藏族百姓家里做客时说过最多也听过最多的话。藏历年快到了，当时我代表我们报道小分队，通过我们中国之声电波向广大藏族听众说了一声："扎西德勒！"连完线，走在虔诚的环绕大昭寺转经人群中，我泪流满面！脑子里在想有多少藏族群众听到了我们的祝福呢？有人说做记者是幸福的，我想这是一种深呼吸般的人生体验。这是幸福的工作、幸福的采访。

就要离别了，能留下什么呢？又能带走什么呢？华栋今天给组里每个人发了20张一元纸币，说看到乞讨的孩子可以给他们，厚厚的纸币塞满了钱包，我们都称赞他的细心。几元纸币对孩子是微不足道的礼品，但那是一份心意、一个微小的祝福。华栋教会我们的是如何给予。藏传佛教有捐与赠的传统，如果我们能用这个方式离开西藏，那真是太好不过了！抬手看到上午采访尼玛次仁时，他送我们的檀木手链，一股虔诚的香味酥透身体，这是永久的祝愿！

我这人一直不会挑东西买东西，又贪图便宜，所以买回来的常是假冒伪劣品，尽管想给同事带些东西，但一直不敢买。但这次我却有一种消费的冲动，那是祝福的载体，我要把它带给那些和我一样有着西藏梦的同事。祝福是真的，物品也就无所谓好坏。我拿起手机打给邱翔，请他代问一下同事谁要买什么小挂饰。我想如果我能留下对这些乞讨孩子的祝福，而带走对同事永久祝愿的话，那该多好！想象着，同事们接到小礼品时的哈哈大笑荡漾着我的心房，藏族儿童的微笑刻印在我的腮上，哪里还有缺氧，我想我浑身每一个细胞都在呼吸！

宾馆镜子里的我正在傻笑着。我已着魔！

（陈钟）

第二十一篇　边关，是忠诚者坚守的界碑！

一、听左护士讲李院长的故事

2009 年 2 月 7 日，我随中央台纪念西藏民主改革 50 周年大型主题报道"雪域高原格桑花"报道组来到雪域高原圣城拉萨。这片神圣的土地，我曾有幸六次涉足，每去一次，我的灵魂就会得到一次净化和升华。也许是因为近两年来的高血压，或许是因为心理有些紧张的缘故，刚到拉萨，我第一感觉就是头晕胀痛，胸闷气短……接待我们的同志告诉我："这个季节来西藏是自然条件最差的时候，这里缺氧达 40%；平地走路相当于内地负重 30 公斤行走；每行走 1 小时，相当于部队武装越野 10 公里；常人一天接受紫外线的辐射量相当于内地的 6 倍。"这些介绍，让我的内心更添几分压力。

我是与中央台军事中心主任孙健和其他几位记者从北京直飞西藏，到拉萨与地面进藏的同仁会合的。第二天，几个活泼好动的同事也没了精神，不停地说难受。临来前，军事中心同仁还开我玩笑说："到了那里气压低，会跳得很高的哟。"而此时，我连抬腿上楼都感到非常吃力。在我们下榻的拉萨天海宾馆，我看到台里杜嗣琨副总编嘴里说还行，但分明看到他同我一样脸色灰青，嘴唇发紫。这种不适的感觉足足困扰了我一下午才稍好一点。

"日光城"的阳光就是一种语言，吐出的就只有"爆烈"两个字。我在高原只"爆烈"了多半天，心脏和血压就开始受不了啦。当天晚上 11 点多钟，我起初还只感到呼吸有些困难，到后来干脆大汗淋漓起来，躺在宾馆床上的我，难受之极……我的窘迫被巡诊的西藏军区副司令员兼西藏军区总医院院长李素芝将军知道了。这位被雪域高原同胞亲切地称之为"门巴将军"

的老西藏，见我呼吸困难得几乎要休克了，怕我发生意外，非要陪同他的医护人员立即送我到西藏军区总医院住院观察不可。

医护人员把我拉到医院住下时已是凌晨时分了。也许是觉得进了"保险箱"，迷迷糊糊中的我竟然有了几分清醒，看到穿白大褂的医护人员，我的心里特热乎特温暖。经过心电图、心理监护、测血压、量体温等一系列详细检查，另外加上充足的吸氧，我的身体开始慢慢恢复正常了。

因为高原缺氧，昨天晚上一夜未眠的困劲也开始上来了。我正要打算睡一会儿，护士小左进来告诉我，李院长还是不放心我，已交待让医生给我输点液补充补充，强化一下心脏。我坚持不要，左护士坚决不干，她说是李院长的命令，不能更改。我说我是怕影响你休息，太晚了。她说你太客气了，这个季节你们记者来高原，我们高原官兵可感动了，更何况这也是我们应该做的。经她这么一说，我倒不好意思起来。一会儿工夫，她就很麻利地配好了药，给我消完毒输上了液。

在看护我打点滴的过程中，为消除我的心理压力，左护士说我给你讲讲我们院长李素芝的故事吧，我说好啊。她说你不是怕你的心脏到高原受不了吗，那我就从我们李院长为高原人的心脏释难开始讲吧。她说当年，是一份《高原先天性心脏病普查报告》引起了我们李院长的注意，那时他刚到西藏总医院，还是一位普通的医生。他发现报告中近2万名受检人员中竟有60人患有先天性心脏病。作为医生，他非常清楚治疗先天性心脏病的有效方法是实施心脏手术，但那时外国医学专家早有断言，在海拔3500米以上高原不能进行心脏手术。当时在国内没有在高原实施心脏手术的先例，世界医学界也无同类记载。此后的几天里，我们李院长又亲眼目睹了一位机要参谋和一个叫卓玛的病人因突发心脏病去世……

左护士调了调输液管的速度，回头对我说，李院长那时就发誓，不攻下高原心脏手术决不罢休！从此之后，医院停尸房旁的那间被废弃多年的小木屋，便成了我们李院长的实验室。

讲到这里，左护士有些激动，她停顿了一会儿，问我喝不喝水，我摇摇头。她接着说，作为一个年轻的医生，我们李院长那时做的是一个未立项的科研课题，面临的困难是可想而知的。找实验动物，买实验器材，一切都得靠自己，而且实验只能在业余时间做。他每做一次实验，都要用七八个小时，为了对手术后的动物进行观察、记录，李院长就在实验台旁搭了张床，晚了就睡在小木屋里。一次，他给一条猛犬注射麻醉药后，抗不住连日的疲劳，昏睡过去，结果猛犬先醒了，挣脱捆绑，在李院长的腿上咬了两口。

左护士说，李院长做高原心脏手术实验，前后经历了上千次失败，但在失败面前，他不畏挫折，矢志不渝，一往无前。1999 年 8 月，手术实验进入最后攻坚阶段，老家一连打来几个电话：母亲病危！等我们李院长赶回老家山东临沂时，他的母亲已经去世 3 天了。李院长跌跌撞撞地跪倒在母亲坟前，以泪洗面。可几天后，我们又看见李院长忙碌在实验室里了。上天像是有意要考验人，不到两个月时间，李院长的父亲又撒手人寰。李院长把悲痛压在心里，没告诉任何人，一个人默默地承受着……左护士的眼睛都红了，她有点哽咽地告诉我，李院长的妹妹在电话中告诉他，父亲在弥留之际，不停唤着他的乳名……

功夫不负有心人，2000 年 11 月 10 日，我们李院长在海拔 3700 米以上成功地实施了高原浅低温心脏不停跳心内直视手术。

看了看我的眼神，左护士继续讲道，在海拔 3500 米以上高原不能进行心脏手术的历史，终于被我们李院长改写了。

看到左护士的激动表情，我再次被感动了。想说点什么，话到嘴边又不知说什么好。左护士问我困吗，我再次摇摇头。她说，过了一段时间，我们李院长又把目光投向了高山病的防治工作中，他第一个大胆地提出了"能否研制出一种新药把高山病消灭在萌芽状态？"于是，他组建了药物研究所，全身心地投入攻关中。那段时间，为观察药效，我们李院长天天带着小白鼠和小猪，奔走于成都平原和藏北草原之间，几个月下来，他体重减轻了 6 公斤。2000 年 6 月，11 名高山病专家在海拔 4500 米的那曲地区，为我们总医院研制的"高原康"胶囊进行鉴定，结果发现了一个奇迹：我们的"高原康"胶囊对急性高山病的防治率可达到 98.6%，经过实验，对低海拔地区提前服药进藏者，高原病的发病率不到 2%。几年下来，我们李院长带领我们总医院的医护人员，硬是把急性高山病发病率从 20 世纪 80 年代的 50% 至60% 降低到了 2% 至 3%，治愈率达到了 99% 以上。

停顿了一会儿，左护士自豪地说，如今我们驻藏部队已经连续十多年没有官兵因高原病而减员的了。

打完点滴时已是凌晨两点半了，我内心非常过意不去，一再向左护士致歉致谢，她却反复说是应该的应该的。

她清理完输液设备，又轻手轻脚地帮我把被子掖好，临走时她又把护士值班室的电话号码写在一张便条上，反复交待有不舒服的时候一定要打电话，千万别客气。

这一晚，我睡得特别踏实。

第二天一早，我便爬起来，因为上午要举行我们"雪域高原格桑花"大型主题采访活动的启动仪式。李院长派医院政治部宣传科的姬干事来送我。在车上，我问小姬，你们左护士咋知道那么多李院长的故事呀。她笑笑说，谁叫我们李院长是名人呢。说完一口气给我讲了一长段她们李院长的成绩：我们李院长啊，扎根世界屋脊28年了，已成功主刀实施了各种大小手术9000多例，主持开展新技术、新业务134项，16项创世界医学奇迹，32项属国内首创，34项填补了西藏高原医学空白，获得科技成果奖20项，发表高原医学论文205篇……惊得我只有佩服的份儿。

姬干事还告诉我，左护士家是云南的，爱人一直在内地工作，夫妻两地分居，如今左护士已怀孕三个多月了，但她一直坚持在一线值班。

听完姬干事的话，我的心变得沉重起来，一个柔弱女子，却如此坚强，令我感动。一下子，我仿佛增添了力量一般，浑身上下有使不完的劲。

二、郭政委的边关情怀

2月9日，正月十五，元宵节。下午4点，我随"雪域高原格桑花"采访组第二报道组的6位同仁去位于西藏东部的林芝采访，这是一个被人称为"藏在深闺人未识"的西藏江南。因为是第一次去，我对那里充满了无限的向往。

带领我们的是西藏军区的新闻干事张立军。这位从南京政治学院新闻系毕业的高材生，原本可以留校，他却非要到偏远的雪域高原来不可。到了西藏，他又要到条件非常艰苦且是目前全国唯一不通公路的县墨脱边防一线连队去锻炼，去年才调到军区。这次听说要去边关，他还是第一个争到了陪记者下去的机会。

这一路，张干事显得特别兴奋。车队刚一起动，他便告诉我们，这一行，我们要看到辽阔的天、苍茫的山，偶尔还会跨过青翠的河谷，这就是典型的青藏高原。

圣城的太阳已经西下了，我们的车队顺着高原动脉——拉萨河一直向东行进着。当车队翻过海拔5000多米的米拉山口时，大连站的李朝奋站长提议下车看看风景，因为山口风大缺氧，我们只下来照了张相便快速通过了。

翻过大山后，越野车上的海拔高度表开始下降，雪域风光也立马变了模样。两山间的峡谷中，一条迷人的江南溪流旖旎而出，沿着下山的路，我们看到两岸风光无限，仿佛世外桃源。这就是人们从太空能够俯瞰到的绿线起点，雅鲁藏布江的三大支流之一的尼洋河。张干事说，人们都说黄河之水天上来，其实真正从天上来的应是尼洋河里的溪水。

我们一边听着李娜的《青藏高原》，一边看着沿途改革开放30年来藏区发生的翻天覆地的变化，内心充满了无限喜悦。张干事告诉我们，尼洋河的源头是雪峰冰川消溶的水，这河水如同从遥远的天边冰清玉洁的世界中下凡一般，一路都有花丛护送，因而给人的感觉是能够净到底、柔到心，让人不得不惊叹大自然的精美。见小张说到兴奋处，开车的老兵冯魁用典型的四川话插言："尼洋河美，美就美在尼洋的水！"我们感慨这里的好山好水、钟灵毓秀。"是的，因为这条常绿的尼洋河水，荒凉的青藏高原才渐渐有了生机、有了人气。因此，尼洋河越到下游，两岸就越繁华，现代化的迹象也就越明显。"张干事大声补充道。

海拔高度表指到2900米时，我们知道已经进入林芝地区了。张干事介绍说，尼洋河再往下流淌，秀美的溪流就逐渐长成宽阔深沉的母亲河了，这条河养育了一个新型的城镇八一镇。这个林芝地区行政和经济中心的城镇是1951年和平解放西藏后依托驻军所建，目前已经发展成为具有毛纺、电力、木材加工、造纸、建材、印刷等行业和大学的政治经济中心，这儿楼房现代，市面繁荣，人民舒心。

已是午夜 11 点多钟了，我们共同提议下车看看月亮，因为是在高原，因为是正月十五元宵节。下得车来，在京城看惯了"小月亮"的我们，被高原的"大月亮"吓了一跳，原因是这会儿的月亮是亮得出奇、也大得出奇。手握一流相机的陶宏祥记者对着月亮给每人照了一张边关明月照。

上得车来，已从军 30 多年的军事中心主任孙健大校突然唱了起来："十五的月亮，照在家乡照在边关……宁静的夜晚你也思念我也思念……"看着远山的边关，听他这么一唱，不知怎的，我的眼眶里突然涌出了泪水……这时，我才真正明白了这首边关军人非常爱唱的歌曲的真正内涵。

到达我们的目的地时，已是第二天的凌晨了。没曾想，迎接我们的军分区政委郭岚一直在招待所门前的寒风中等着大家。站在空旷的楼门前，孙健主任给大家介绍说，郭政委是从北京军委机关主动要求到雪域高原的边关来任职的，他这一离京已经有六七年时间了。郭岚"嘿嘿"一乐，没说什么。孙主任接着介绍说，郭岚既是军旅散文家，又是作家，同时还是一位边塞诗人。

果然，郭政委出语不凡，他指指周围的荒凉雪山对我们说："各位，我们这里就是边关了。"借着楼前的灯光和月色，我看到，郭政委那稍显黝黑的国字脸上，分明写着 N 个故事。不知怎的，我内心里对他充满了几分敬意。他说，对于长期生活在内地的人来说，边关永远是一片苍凉和荒漠。我心想，他这话对。因为在事实面前，当你在未见到真正的边关之前，任何一种想像，任何一种描述，都是苍白和无力的，一如管中窥到的残叶，轻风掠过，便不见任何踪迹。

这时的郭政委对我来说，既陌生又熟悉。熟悉的是因为我在《解放军报》上看到过他的好多文章，大部分都是抒发对边关情感的。

把我们安顿好后，郭政委再次在招待所的客厅里向我阐述起他到边关几年来所感悟到的"边关"含义。他对我说，在你认识和了解边关之前，你最好要有这样的思想和精神的体验：穿越林莽，你听到的不是松涛奏出的委婉与和谐，而是山崩地裂时流泻出来的激越和酣畅；站在荒原，你感受到的就不仅仅是如蝇如蚁般的背负沉重，而是穹宇六合包容在胸的伟大气度……有了这种体验，那么，在我们的雪域高原，你此时此刻想到的就不是心跳加速、行动迟缓而带来的窒息般的恐怖，而会是如同站在海边看大海潮汐、孤帆远影，而那远处山岚，就如少女优美的身躯，此起彼伏……

讲到这里，郭政委话锋一转，他说，你最好还能有一次遇险的经历，一次让你心惊肉悸，却又足以自豪不已的经历。你壮行不止，游弋边关，体验着你在内地从未有过的体验，感受着你在内地从未有过的感受，心灵的顿悟和情感的沉淀与日俱增，这让你欣慰。在内地，到处是喧哗和躁动……而在边关，随便一处地方，对你来说都是那样的新奇，即使扰攘，也保存着一份纯情。

听完郭岚的一席话，我有蛮多的感慨，我说："其实，郭政委，边关就是历史亘起的一道门槛，它既属于过去，同时也属于现在，更属于未来。"

"是的，边关就是这样，一个国家和另一个国家被这道门槛阻隔着，犹如一本书中挟着的白纸，毫无任何渗透可言。"郭岚告诉我，在边关，同一座山可以种植不同的风俗，同一条河也可以载乘不同的语言，同一棵树还可以遮掩不同的信仰……在边关，有形的是界碑，无形的是理念，往往是，有形的界碑挡不住叛逆者，无形的理念却是忠诚者坚守的界碑。

圆月已经西下了。意犹未尽的郭岚只得与我们握手告别。

送走这位热血沸腾的边关将领，我的心好久都平静不下来。我独自站在边关这道门槛上，突然心中有一种出远门时莫名的悲壮，同时还参合着一种飘零归来时的动情，我虽是个不爱落泪的汉子，但此刻却是热血奔涌，热泪盈眶……

北京与西藏有近两个小时的时差。肚子饿了天还没亮，早上 8 点多了，万物才苏醒过来。我早起散步又碰到了郭政委，他已是一身戎装。

看到早起出操的战士，我们的话题再次扯到了边关，他指指远处的雪山，对我说，看到没，这边关还是一幅画呐。在这里，它可以让画家充满灵感，在现代文明把都市变得愈发狭隘的今天，边关就以它的美丽自然，雄大磅礴，纯朴厚重，牢牢地吸引着你；在这里，你不用附庸风雅，不用察言观色，你就是你，你可以随意地扯开喉咙唱歌骂娘，可以尽情地裸露身躯接受大自然的沐浴。郭政委见我不语，他说老弟呀，当你想从尘世中解脱，让心境得到一份安宁，你就来我们这里吧，边关就是你的最好去处，嘻嘻。

此刻，我已感受到了边关这早春的温暖了。

我们边散步边谈论着。郭政委告诉我，在大雪封山的日子里，他们大部分哨所都要与外界隔绝，哨所的冬天缓慢而悠长，荒凉而寒冷。于是，那些糊在墙上的旧报纸、旧杂志，便成了战士们的经常读物，多彩的墙壁成为哨所特殊的阅览橱窗，成为战士的感情世界……我说我们这次能上哨所去看望他们吗？他说还不行，山上还有雪。

他说，我们时常感慨人生的短暂，希望生命的永恒，但在边关，面对那些已长眠在那里的战士们，我又多么希望生命不要凝固，而是一条不停流动着的河。

他见我不言，继续说，我一直以为，身为军人，不能战死沙场，也应该效力边关。我说，政委你这话是不是有些偏激呀。他说，从有军人之日起，就注定了和边关有着不解之缘。没有军人的边关不是真正的边关，不向往边关的军人不是真正的军人。军人保卫着边关，边关也塑造着军人。每次到边关去，我仿佛看到了卫青、霍去病大漠西征的铁马金戈，仿佛看到了岳飞、文天祥强虏面前的笑谈渴饮，仿佛看到了戚家军一夫当关，万夫莫开的骁勇，仿佛看到了新一代边关卫士用自己的血肉筑起的新的长城。

郭岚不愧有军旅诗人的气质，慢慢地，说话的口气中也掺进了这种豪情，这会儿的语调都高了八度："长城是伟大的，他是边关的象征，也是军人的象征。他是边关不屈精神的激扬，也是军人崇高情感的凝结。我想不仅是我，每个军人对边关都有一份特殊的情感，这情感使得军人听不得边关的消息，看不得边关的文字，一看到边关，一听到边关，浑身的热血就往上涌，就有一种被号角召唤着的冲动。"

……

这些年来，我也走过许许多多的边关，许许多多的边关也给了我许许多多的教育，但这次郭岚政委给我的教育是漾荡灵魂的。

今天，我写他，不是为了回报，也不是为了感激，而是他就在你心口，叫你不能不写他。

有诗人这样写道，到边关，雪峰与岁月一样悠久；来林芝，就是来到太阳的心脏！

　　我想，边关固然神奇美丽，但却不是人人都能够体验的世界。

（郭凯）

第二十二篇　感受甘巴拉

2009 年 2 月 13 日凌晨 1 点，我和空军记者站郭凯站长从林芝赶回了拉萨，准备当天与在拉萨的王亮一起会合上甘巴拉采访。早晨起床后，郭凯到西藏军区招待所去接王亮，原计划还有杨志东主任和其他几位同志一同上甘巴拉，但因他们已于前一日赶到日喀则看望那里采访的同志去了，无法同行。一个多小时后，郭凯回来说王亮去不了了，几天的紧张采访加高原反应，他身体出现过敏症状，需要去西藏军区总医院进行治疗。听到这个消息，我有点担心，去林芝之前他还说身体没一点问题。但听西藏的同志说，刚到西藏有反应是正常的，如果后几天有症状，那是真需要注意了。抽空给王亮打了电话，他说身体其他感觉还好，只是皮肤上有过敏症状，正在医院进行检查治疗，才放下心来。我和郭凯决心先上甘巴拉雷达站，返回来再去看看王亮。

吃过早饭，我们先到了雷达团，在那里见到了现任团长，也是甘巴拉雷达站第 17 任站长刘世国。刘团长是 1982 年 6 月从地方考上飞行员的，停飞后考入中国空军雷达学院。毕业后，他主动申请进藏，明确要求到海拔 5374 米的甘巴拉雷达站。他从上甘巴拉到担任雷达连（那时雷达站编制为连队）连长，每次值班，都是争着上。甘巴拉常年刮大风，冬季时常发生大雪封门，出现大风刮断天线杆，雷达出现故障，断水、断油的险情。刘世国在甘巴拉任职数年，除了休假和外出，有近二分之一的时间是在雷达阵地度过的。光是 1991 年，他就登上甘巴拉 27 次。1994 年，甘巴拉雷达站被中央军委授予"甘巴拉英雄雷达站"，刘世国也是我们这次采访的主要对象。

当我在会议桌对面细看这位多年的老典型时，看到的是一脸平静和从容的刘世国。他如数家珍地向我们介绍着甘巴拉雷达站,从过去到现在,好像有说不完的故事。郭凯是第七次进藏,先后多次上甘巴拉,最后一次是在七年前,他对甘巴拉比较了解。刘团长说等我们上去后就能看到,这几年甘巴拉发生的巨大变化,在各级领导机关的关心下,各项设施都建得非常好,生活和工作条件有了极大改善。而且他们还有更长远的规划,要把甘巴拉和驻藏的所有雷达站建设得更好,更有战斗力。

午饭后,我们到了甘巴拉雷达站休整点。这是部队领导机关为解决高原部队官兵完成执勤任务后,进行训练、学习和休整的地方,这样既能减轻雷达站后勤保障的压力,又保证官兵的身体健康。甘巴拉雷达站的官兵分为成三批:一批在甘巴拉雷达站执勤,一部分在休整点进行军事训练和学习,另一部分官兵就可以按规定休假。休整点建设非常好,迎接我们的官兵一个个精神抖擞。刘团长告诉我们,每次到轮换时间上甘巴拉,大家都争着上,为不能上山的同志做思想工作成了站里领导最感头痛的事。休整点除了训练室外,娱乐室、学习室一应俱全,还专门建了官兵家属来队的家属公寓。生产基地里养着猪,种着各种青菜,使雷达站的官兵天天都能吃到新鲜青菜,要知道这在以前是不可想象的。

离开雷达站休整点,我们开始向甘巴拉进发。车一出拉萨市,我就按捺不住,开始不断的向刘团长提问。让他讲讲到西藏二十多年的感受,和他眼中甘巴拉的变化。他感慨地说,那变化太大了,就说我们现在走的这路吧,现在已经是国道标准的高等级公路了,他来的时候就是一条不宽的沙石路。他还清楚地记得第一次上甘巴拉的情景,那次上山,他是随着给甘巴拉雷达站送水的车去的,送水车性能实在太差,车走到半山腰汽油泵就出了问题,需要用手泵油才能启动。没有办法,他就蹲站在车头,配合驾驶员用手泵油,一直泵了两三个小时才上到甘巴拉雷达站,他也快冻僵了,拉的一车水因为颠簸和渗漏,只剩下了三分之一。现在道路好了,配给他们的车辆性能也非常好,从拉萨到甘巴拉雷达站,一个多小时就到达。甘巴拉的官兵要是生病了,一个电话,马上就能派车把人接下山来治疗。雷达出现故障,技术人员很快就能赶上山进行维修。

下午3点,汽车开始上山,刘世国团长指着半山腰像甲虫爬行的汽车

雪域高原格桑花　第二部分

说，别看到山顶好像没多远，我们的汽车至少要开半个小时才能上去。他接着介绍说，现在确实快多了，二十年前，路也不好走，加上车辆老旧，性能又差，这条上山路一爬就是大半天。他给我们讲了他当站长时的一件事，那是一个冬天，雷达站的雷达出了故障，急需更换部件，上山的路因大雪封山，汽车不能上来，要是等下去会影响执勤任务，站里研究后，决定派两名战士走下山去取雷达部件。那两名战士从早上出发往山下走，整整走了一天时间才到山下。西藏的路确实给我们留下了很深的印象，不论是在拉萨市，还是拉萨通往各地区的道路，完全和内地省市一样好了。在拉萨到林芝的路上，我们看到全程都是高标准的等级公路，虽然偶尔会有塌方，但很快就有道路养护工人进行维护，保证一路畅通。

这山确实太高，我们乘坐的大马力越野车不知拐了多少道弯，还在半山腰的盘山路上爬行，同行的另一辆越野车因为动力不足，已经落下很长一段路了。终于，拐过一道弯，公路跨过了一道山梁开始往下走了，只见一个环绕在群山中的湖泊出现在我们眼前。"这是羊卓雍错湖，我们爬的山是湖的大坝，刚才大家就像是从湖底慢慢爬到湖面上来了。"刘团长指着羊卓雍错湖告诉我们说，羊卓雍湖 1991 年开建了水电站，是武警水电部队官兵苦战八年建成的，它的电力可以供应拉萨、山南和日喀则三个地区，为西藏人民的生活生产提供了大量的能源。看着碧绿的湖水躺在群山之中，宛如一条绿丝带在高山之间飘动，实在太美了，我们纷纷下车拍照留影。与刻着"羊卓雍错 4441 米"的大石碑照完相，步子迈起来就感觉沉了，呼吸似乎也困难起来。刘团长指着山顶说，这里离甘巴拉雷达站就不远了。我抬头往山顶上看，在山顶上一个乳白色的球体在蓝天下特别耀眼，那是雷达天线的防风罩，甘巴拉雷达站已经能看到了。

再次登车前行，汽车就开上了沙石路，这条并不宽的沙石路，是雷达站官兵自己动手，拉着背包带一米一米修出来的。汽车终于驶进甘巴拉雷达站前的一个小操场，官兵们已经列好队欢迎我们。打开车门，我站在了 5374 米的甘巴拉，虽然感到呼吸困难，但我依然抑制不住自己的兴奋。

我们开始参观雷达站的营房。走进一个依山而建的营房，我发现在山与营房之间的顶上加装了一个透明的屋顶，使这里成了一个大厅，官兵们告诉我这样既可以保暖，挡住风沙，也造出了一个文化活动室。大厅里点缀着盆景，设有文化长廊，摆着台球和乒乓球，还有一个个藤椅组成的江南小茶座。置身期间，如果不是高原反映提醒，你一定不会想到这是在5000多米的高山雷达站。

随着刘团长的指引，我们走进官兵的宿舍，房间安装了暖气，官兵们再也不用起床后先拔冻在地板上的鞋子了。走进厨房，官兵们做晚饭的东西已经准备好了，案台上放着新鲜的肉和蔬菜，高压锅里蒸着主食。刘团长从水桶里舀起一勺水说，他当站长那会儿，冬天是用竹篮子提水吃，因为没有保温水窖，一到冬天水就冻成一个大冰块，官兵吃水做饭就去敲一块，而且水是一二个月才能供应一次，喝起来都有一股怪味。现在雷达站喝的水都是经过过滤的自来水，而且是几天就供应一次的新鲜水。

参观完官兵宿舍和厨房，我们开始登台阶上雷达阵地，本来呼吸就困难，这会更连呼带喘地跟着刘团长往上爬了。登上雷达阵地，举目四望，甘巴拉应该是方圆几十里范围的最高峰了。雷达阵地是在这个山顶乱石堆上建起来的，站在山顶，我感觉风吹得脸都疼，可他们说今天算好天气了，要是真刮起大风来，人都会被吹跑。因为一直在进行采访录音，发现越靠近雷达，耳机里的噪声越大起来，嗡嗡地干扰声让耳朵都快受不了了。刘团长说这是电磁波干扰，这种电磁辐射对人身体有影响。他开玩笑说，想生女孩来雷达兵部队吧，在雷达站里工作的操作员和技师，有好多生的都是女孩。那一刻我已没心思和团长开玩笑了，强烈的高原反应让我只有大口喘气的份儿，真想躺下来好好呼吸两口。

从雷达阵地回到官兵的文化活动室，坐在"江南小茶座"的藤椅上，我喘着气想，虽然甘巴拉的各项条件都改善了，但恶劣的自然环境却是无法改变的。我上来才两个来小时，就感觉快受不了了，甘巴拉的官兵要长年在这里执勤，一轮班就要待上几月甚至更长时间，那是要用坚强的毅力才能坚持下来的。我决定在这里做个现场连线，把甘巴拉雷达站的变化告诉听众，把甘巴拉官兵的英雄事迹讲给大家听。拨通"中国之声"的值班电话，导播说正在播新闻，得等半个小时后才能连线，我喘着气说我在空军甘巴拉雷达站，能不能早点安排做个连线。导播大概听到我上气不接下气的呼吸，马上就和值班编辑商量，决定挤出时间在十分钟后和我们连线。我手握话筒，静静地听着主持人在进行新闻播报，想着能在甘巴拉雷达站与中国之声做连线，让听众听到驻守在5374米高原上官兵的声音，既激动又兴奋，一下子感觉呼吸也不那么困难了。当听到导播推出"雪域高原格桑花"大型报道栏目曲后，我压着喘气声进行了现场播报，并请甘巴拉第17任站长、现任雷达团团长刘世国介绍了雷达站的发展变化，完成了这次连线报道。

做完连线，我们就准备下山了。短短的两个多小时，我好像与这里已经有了很深的感情，看到官兵们又列好队为我们送行，赶紧走上前与他们一一握手话别。看着一张张被紫外线照得发红的脸，裂着几道口子流血的嘴唇，我忍不住问了几名战士多大了，来自哪里。"18岁，山西人，2008年入伍"，"18岁，江苏的，去年入伍"……我的眼睛有点湿润，我要求和官兵们合影，我要记住他们，在远离繁华都市之外，在艰苦的雪域高原，有一群驻藏官兵正在默默地守卫着祖国的安宁。

（陶宏祥）

第二十三篇　我用声音讴歌新西藏

我没去过西藏，但心中却有一个西藏。对我来说，至今它都是一块神秘的土地。它是那么圣洁、那么美丽。承担大型系列报道"雪域高原格桑花"的播音，打开了我思绪的闸门，那股浓浓的西藏情涌上心头，眼前立刻出现了我心中的西藏。了解西藏是在六十年代，当时我上中学。民族文化宫的大型展览让我震撼，那个在二楼展厅展出的用人皮做的灯罩至今不能在我的记忆中抹去，旧西藏农奴制度的残忍深深地印在了我的心中。之后电影《农奴》中的强巴、歌舞《洗衣歌》、才旦卓玛的《翻身农奴把歌唱》……让我对西藏有了更多的了解，一个个鲜活的画面定格在我的脑海中。再后来的歌曲《青藏高原》、《天路》更增添了我对这片圣土的无限憧憬与向往。"雪域高原格桑花"让我置身在这片祖国的土地上，用发自心底的声音去讴歌民主改革后的新西藏、讴歌美好的新生活。

坐在久违了的话筒前我充满了创作的冲动。50 年的变迁，50 个人物，50 个故事，中央台近三十名记者用他们的笔和话筒生动地记录了西藏的过去和现在，为我们勾勒出一个真实的西藏，一个充满生机与活力的西藏。这组报道写得质朴、实在，没有说教，没有刻意的宣传，它用真实的故事把西藏展现在世人面前。每一个故事都那么生动，每一个人物都那么平凡而伟大，他们都是普普通通的人，是他们用无私的奉献与付出，换来了今日西藏的和谐安康，换来了今日西藏的五彩多姿。每播一篇稿件我眼前都能浮现出一个个鲜活的画面，很多细节都令我感动不已。西藏军区副司令员兼军区总医院院长李素芝为一位患有类风湿病瘫痪了多年的孤寡老阿妈治好了病，当阿妈知道李素芝要调动工作的消息后站在风雪里，怀揣哈达和一个已经蔫了的苹果，在他常来的路边，等了很久，冻得浑身发抖，见到李素芝一下子跪在地上抱着他痛哭，舍不得他走。这一情节深深打动着我，我的眼前出现了李素芝，出现了那位老阿妈，我的感情完全融入到藏汉手足情与军民鱼水情中。像这样感人的细节还有很多很多。

录制"雪域高原格桑花"的过程是我对播音理念不断实践与思考的过程，也是不断调整语言样式和语速的过程。如何在继承传统的基础上创新是自己追求的目标。时代变了，生活节奏快了，语速必须与之相适应。感情色彩很浓的地方需要尽情舒展地表达，但同时又要避免语速偏慢而不合时宜。当然语速的变化要靠节奏的变化来调节，而不是一味地加速，一味提速会使语言没了味道少了韵律。这种专题报道不同于通讯，通讯播音是由播音员从头播到尾，起承转合都由播音员自己把握，一气呵成。这次的大型系列报道篇篇都有被采访对象的讲话录音，往往是播一段文字出一段讲话录音。这就要求播音员既要掌控全篇，保证全篇的完整统一，又要兼顾与人物讲话录音的衔接。特别是每段结尾要出人物讲话录音的时候不能过于抒情，否则听起来很不舒服。一定要穿针引线，以保证节目整体的和谐自然。作为播音艺术重要组成部分的声音的美感也应贯穿于创作的全过程，有了声音的美才能让语言产生魅力，才能悦耳动听，给听众以美的享受。

能承担"雪域高原格桑花"的播音，我感到很荣幸，在参与创作的过程中我学到了很多东西，它让我又一次享受了在话筒前进行二度创作的愉悦。它使我心中的西藏更加丰满更加绚丽更加美好。这次播音对我来说有着特殊的意义，它将成为我播音生涯中美好的记忆。这次与编辑、记者合作得非常愉快，是这个团队给了我良好的创作氛围。他们对播音艺术准确而深刻的见解、他们的工作热情和敬业精神、他们身上表现出的广播人特有的素质时时感染和激励着我，在这里向他们表示深深的敬意。

（黎 江）

第二十四篇　我们的队友我们的队

　　从西藏采访回来半个月了，我眼前老晃动着队友们的身影。我总疑心，从高原下来后一直晕晕乎乎的，是和他们不断晃动的身影有关。很想念一起在雪域高原采摘"格桑花"的队友们，不知道大家是否和我一样，告别拉萨回家后，常忍不住要看看西藏电视台的新闻节目？是否和我一样，老是抬头看天，念叨西藏高原上那空灵澄静的蓝天？是否和我一样，时不时翻看在西藏拍的照片，读一读在西藏记的笔记？

　　中央台记者中心这次组织"雪域高原格桑花"报道，第一次在全台记者站内搞网上报名。报名很踊跃，等到大家在北京集中准备出发后，互相才知晓最后入选的具体名单。于是每个入选的人，或多或少有种自豪感，进了中心的大办公室，热乎着劲儿跟这个握手，跟那个拍肩，满屋欢声笑语。屋角的小隔间里，中心宣传联络部的头儿吴紫芳有些失落，幽幽冒出一句话："我本来也定好去的，可是身体不允许。"西藏的2月，是雪域高原最好的季节，对身体的要求自然放在首位。不过，谁都听得出那种遗憾，何况紫芳还是方案的制定者之一呢？当然，前方采制的音响和文字，还得归紫芳后期统筹制作，那是后话了。

　　采访报道组的最高领导是杜嗣琨副总编辑，没想到，高原反应最强烈的也好象是杜总。看来传说中"级别越高身体越好"的理论并不可信。我们2月5日先飞到西宁，然后坐火车进藏，此举据说可以让身体由低到高慢慢适应。大家的卧铺都在一起，只要不睡觉，大家就扎堆聊西藏，或者看看窗外高原风景。从西宁到拉萨，有二十六七个小时的火车车程。在拉萨下车时，有人统计到：杜总好像睡了二十三个小时。大家于是很佩服杜总的临战经验：会休息才会战斗。到拉萨的第二天上午要开会，杜总来得晚，一进会议室，吓了大家一跳：脸是苍白的，嘴唇是紫乌的。印象中的杜总，总是唇红脸润，走路风风火火的。大家这才明白，杜总哪是为了战斗而睡觉，而是一上车就开始在与高原反应的战斗中不得不睡觉。可能是晚上受了凉，饮食又不习惯，加上高原空气稀薄，杜总不停地打嗝，于是成了大家试验各种民间土方的对象。奇怪的是，在拜会当地官员，或者在跟大家提出采访要求时，杜总的嗝便消失了，一如既往精神抖擞。中央台藏语广播要在3月1日实现全天播音，杜总负责此事，于是杜总不停给大家加压，要求多采录稿件，好给藏语广播提供充足稿件。大家背地里眨眼：杜总咋不打嗝了呢？

记者中心的正副主任，杨志东和李宪力，一男一女，是老搭档，也是这次"雪域高原格桑花"报道的具体负责人。中央台派出二十多人的采访组到西藏搞集中报道，是前所未有的事情。既要负责统筹安排采访，还要管大家的衣食住行，两人身上的担子可见沉重。表面上，两人很轻松，与记者们说说笑笑。大伙休息时，两人就要约西藏站的同志和组长商量行程，研究采访对象。志东心细，进藏的火车软卧包厢里有拖鞋，他让服务员多找几双，给硬卧的记者们送过去；快到拉萨了，志东拿出报道组的一些徽章，专门送给列车长做纪念，感谢列车上的热情服务。宪力是天生乐观派，走那都是铃铛般笑声先飘在前。五十多岁的大姐了，从早到晚，从头到尾，始终不见疲态。全报道组成员，最没有高原反应的就是她了，好心态决定好状态，实在让人嫉妒。只是采访结束后，回成都飞机刚一起飞，我回头找宪力说话，只见她早睡得昏天黑地了。宪力紧绷了二十来天的弦，其实早累坏了。我赶紧留此存照，拍了好几张照片没把她拍醒。

在西藏采访，安全是首要的问题。我们采访报道组有二十来人，到拉萨后重新分了三个组。三个小组前脚刚走，志东和宪力两位中心领导后腿就跟上，检查指导工作。先东去林芝，后西返日喀则，再南折山南。披星戴月，翻山越岭，两天一个点，来回上千里。在山南探访采访小组时，我们有两个记者采访迟归，志东和宪力脸色立马凝重起来，一直等到深夜，听到宾馆外的喇叭声才放下心来，赶紧张罗两名记者吃饭。西藏上班时间晚，第二天八点多，我们去吃早饭，从前台才知道两位中心领导已经早早回拉萨了。正是

"东方欲晓，莫道君行早"。我们当然知道他们悄悄走的含义，不想打搅大家，是想让我们多睡一会儿。有三名记者在浪卡子县采访，因为风沙太大，往拉萨返回时已是夕阳西下。结果一路上三名记者的手机几乎每隔十来分钟就要响起，两位主任轮流来电，内容无非两个：一是询问车到了何处，二是叮嘱司机慢慢开。等三名记者赶回拉萨市，已是晚上十点多，此时华灯满街，两位主任带着全体采访组同志饿着肚子一直在宾馆候着。看见记者们平安回来，志东松了一口气："我们探访日喀则采访小组时，经过浪卡子县，知道要翻过一座海拔五千米的大山，山路盘旋，夜路难行。所以我们不停打你们电话，给你们提个醒。"

报道组有军事中心记者参加，军事中心主任孙健就成了报道组另一名领导。孙主任身材高大，腰板挺直。不说话时，嘴抿得很紧；看人时，两眼特有穿透力。去年汶川地震时，我陪孙主任到一线采访过，领教过他的认真。因为还有重要会议，孙主任带队下到林芝后就回北京了。我们采访组的用车，由孙主任联系部队统一安排，保证了十来天的采访顺利进行。拉萨军分区很重视我们这次采访，军分区副司令员，有名的"门巴将军"李素芝，还专门在军区总医院宴请采访组。宴请快结束的时候，孙主任突然把总医院的工作人员叫到一起，郑重行了个军礼，敬了每人一杯酒。对于守边关的军人，同是军人的孙主任十分敬重。而十来天的高原采访结束后，我们与开车的官兵们也结下了深厚的友谊。在路况复杂的高原能够顺利完成采访任务，车辆保障是重要的一环。尤其是负责山南组采访车辆的军区法院干部刘锁民，年轻热情，知识丰富，堪称"西藏通"。分手道别时，刘法官送我们一本书，《论历史上西藏主权归属与法律地位》，资料翔实，图片生动，其中的文字撰写和史料图片收集工作，就是刘法官具体完成的。

报道组二十多人，大多是三十岁左右。翠竹衬苍松，苍松更挺拔。"苍松"是两个老同志，大连站的副站长李朝奋和四川站的副站长周平，分别担任林芝组和山南组组长。老李今年五十八，老周今年五十七。两个人都是抢着报名来的。老周来过西藏多次，十八年前走川藏公路采访报道过，去年又来了一次。老周电脑本上的桌面图片，就是去年拍的西藏图片。老李则是头一次来。两人共同爱好是摄影，在广播记者中，他们的摄影设备是比较专业的，很让我们眼红。老李和我们一起从北京过来，一路上拍个不停，嘴里老是光啊线啊地唠叨，拍完几张，就专心致志地在电脑上制作图片。中国广播网里几乎每天都有他发的照片，每组照片有个主题，确实拍得够水平。五天后，我们在拉萨重新会合，我发现相机不离身的老李不带相机包了，一问，老李很无奈："一路上拍得太多太猛了，把相机累出毛病了。"没了心爱的相机，大个子大块头的老李，步伐明显比刚来时慢了太多，再没了一个箭步抢上前去的气势。

我和老周一组。坐在车里，老周一般不说话，他只用眼睛张望。一看到好风景，老周就让司机停下，特诚恳地说："就拍一张，然后就走。"然后拉开车门就往最适宜的位置跑，一会儿，风里总传来"咔嚓、咔嚓、咔嚓"的声音，不是一响，而是连珠。采访藏民时，老周一定要把话筒举到被采访者嘴边，一举一两个小时。我让老周用话筒架，搁桌上录，老周总摇头，他担心录不到好音响。老周很敬业，每次和采访对象聊完，总是要提最后一个要求：能去你家看看吗？他总希望看看采访对象的生活环境，以便更深入地了解对象。在扎囊县采访一家氆氇厂的厂长，老周要去厂长几十公里外的小山村的家看看，厂长家的两个孩子哭闹着要跟去，厚道的老周一一允诺，结果越野车里塞了八个人，回来时又帮厂长捎了一大桶青稞酒，弄得车里好大气味，感动得厂长给我们每人脖子上都挂了条洁白的哈达，连越野车上也挂了一条。浪卡子县海拔有4480多米，老周有了高原反应，疲乏得不想说话，但还是坚持采访完了县宗教局德来老人。采访完毕，老周又习惯性地提出去老人家里看看，一问还不远。没想到遇上狂风，车又陷住了，看见老人兴致勃勃，大家不忍调头，硬着头皮往前挪。飞沙走石，打得人张嘴就进沙，睁眼就落泪。老周把宝贝相机抱在怀里，斜着脑袋，一句话也说不出来，拖着步子跟在后面，走三步歇一步；湖北站瘦小的张毛清系上帽子，上下捂得严严实实，干脆倒着走，像舞台上表演的木偶；我肚子大，外衣一般不系拉链，风在敞开的羽绒服里瞎窜，一会就感到怀里像揣了块冰。不到一公里的路，顶风走了近一个小时，进屋后大家就瘫在沙发上，一口气灌了三碗热气腾腾的酥油茶，好半天才缓过神来。那一刻，觉得天下最好喝的饮料就是酥油茶了。但也正因为到了老人家里，我才真切感受到了雪山脚下家的温暖。

提到摄影，采访报道组还有一位同志喜欢摄影，就是民族部的张克清。克清脾气好，脑门发亮，和人说话笑眯眯的。克清拍照，喜欢拍人物。火车上有几节硬座车厢，很多藏民拖家带口的去拉萨。克清端着相机过去，见谁都是笑，藏民们也都报以微笑。于是克清一边拍照，一边聊天，照完后，总是摸出纸和笔，问人家的详细地址，告诉人家一定把照片寄给他们。后来在拉萨大昭寺和布达拉宫，我每次见克清拍照，都是这个程序：微笑，打招呼，拍照，记姓名地址。克清也是多次来拉萨采访过的，对藏民，克清有感情。

三个组，还有一个组长，是青岛站的刘华栋，胖乎乎的，一天到晚到处绽放他开朗的笑容。在北京出发仪式上，王求台长动员后，就点我和华栋的名字，定语是"重量级的"——他担心我们的体重会不会在高原上失重。我的胖是写在肚子上，是"暗"胖；华栋的胖是写在脸上，是"明"胖。不管"暗"胖还是"明"胖，我俩体重都突破了两百。胖子自然要打鼾，不幸，在拉萨的头几天，我俩就分在一个房里同鼾。鼾人对鼾人，大鼾气小鼾。一开始，我和华栋互相谦让先睡权，后来华栋灵机一动，把席梦思床分拆为二，叫服务员多送上一床被子，铺在硬的床板上，软垫子就竖起来，放在房子中间当隔板。我也依样照办。于是，小小的宾馆房间里隔出了两间小房，像颗剥开了的花生一样，刘胖子在里间躺着，蒋胖子在外间趴着。鼾声响起时，要互相骚扰入耳，也得"爬上爬下"，音量自然消了五成，正是入眠好音乐。

青岛与西藏的日喀则是对口援建单位，刘华栋在青岛团委的朋友正好现在是日喀则的市委书记。刘华栋要去日喀则采访，附带悄悄做了件好事：他让青岛的出版界朋友空运来了许多书，他说要送给日喀则一所藏族学校的孩子。胖子就是有爱心。

采访报道组除了宪力主任外，还有四个女记者。河北站明慧是大姐，到了藏传佛教之地，我们更喜欢直呼其为"大师"。"大师"的西藏功课做了不少，报纸上有关西藏的图片文章，她都仔细剪下带在身边。"大师"还得了一个第一——第一个出现高原反应。火车还没到拉萨，"大师"就"口吐莲花"了，大家忙着给"大师"送纸送水，而"大师"端庄镇静，极力否认是高原反应，信誓旦旦地声称，是刚才接电话生气了。果然是"大师"，接个电话，后果都很严重。云南站小妹妹陈鸿雁热情，我们还没从家里出发，手机上就不停有她发来的短信，全是高原注意事项，罗列了好多条，鸿雁捎信来，果然名副其实啊！内蒙站的小妹妹郑颖细致实在，从内蒙带了两瓶酒，翻越千山万水带到拉萨，送给西藏站站长旺堆，恭恭敬敬表达了对前辈记者的敬意；而西藏站的小妹妹德庆白珍，以藏族的特有热情，和母亲忙了一天，邀请全体采访组成员到她家作客，地道的藏饭藏菜，所有人至今仍能咀嚼出酥油茶的芳香。

郑颖带酒，表达了对旺堆站长的敬意。说起来，酒是小郑个人的心意，而对旺堆站长的敬意，实在是我们大家的共同心思。来到拉萨，一轮圆月正夜深，走出车站站口，旺堆站长就给我们每人脖子上捧挂了条哈达；离别拉萨，数点星光是黎明，离开宾馆门口，又是旺堆站长给我们每人脖子上围系了条哈达。那情那景，不知能否再有一回？只能一生难忘。旺堆站长在拉萨布达拉宫脚下土生土长，双耳耳垂与常人相比，又厚又长。旺堆站长当过汽车兵，奇怪的是从没看见旺堆站长开车，而且每次过马路时，总是左顾右盼小心翼翼。那次我们从浪卡子回来晚了，有次和旺堆站长闲聊，我方知个中缘由。旺堆告诉我，那天他很为我们揪心，因为途中要翻越海拔五千米的冈巴拉山，山高路陡回旋多，他的二十七个战友因车祸而长眠在那里了。说这话时，旺堆站长神情黯然，他是极重感情的人，在西藏各界，旺堆站长口碑极好。我们在拉萨采访，旺堆站长亲自联系。我和丁晓兵两次采访西藏移动的副总薛平，每次都是旺堆站长亲自陪同，而且每次都是提前在宾馆大厅里等。我们过意不去，旺堆站长非常谦虚："西藏站也要学习别站记者采访。"这让我们更不好意思了，要知道，旺堆站长可是"范长江新闻奖"的获得者啊！

我们这次报道主要集中在西藏林芝、日喀则、山南地区和拉萨。前三个地方要分组，分头采访。我们山南组有五个人。分组时，大家很自豪，因为有共识：有文化的去山南。谁都清楚，山南是藏民族文化的发源地。我们五人的文化有多深，互相不清楚，不过各自饮食文化首先碰撞了。第二天的采访都是头一天晚上定好，老周照例要问大家有何想法，大家表态一致，由老周分配工作。但是吃饭时大家意见就不统一了，分歧在于点菜。我和老周，一个湖南人，一个四川人，吃啥都可以，而特别报道部的丁晓兵说自己是徐州人，紧挨淮河，南北口味也是可以通吃。湖北站的张毛清和山西站的岳旭辉则是个性鲜明，口味纯正。一个每天没有辣椒在碗里，浑身便无劲；一个见了辣椒就苦笑，鼻子要捏住。大家一上桌，毛清就喊："来一盘烧辣椒。"小岳也口齿清楚："来一盘煎鸡蛋。"辣椒对鸡蛋，好像我们小时候出拳石头对剪刀。好在西藏的餐馆物资供应充足，两样都能满足。于是老周点好川菜，大家总是在笑声中完成各自的"扫荡"，然后回房写稿，休息。

按照杜总和杨主任的说法，这次抽调到高原来采"格桑花"的记者，都是中央台的业务骨干。对于具体的采访，两位领导一再强调的是两点：情节和细节。说到采访，各有高招，但热爱西藏，喜欢西藏文化，融入藏族同胞的生活圈子，走进采访对象的心灵中，是我们相同的追求。女记者郑颖在林芝农村藏民家里采访时，特意穿上了藏族服饰，很快缩短了感情的距离；老记者周平端着饭碗和藏民一家老小围坐一起吃饭，边吃边聊，饭菜虽然简单，但家常越聊越带劲；丁晓兵和岳旭辉为了采录山南地区农村早晨特有的音响，不到六点就起床了，摸着黑赶到村里等候，虽然寒冷刺骨，但激情四溢；还是这两位青年记者，为了采访我国人口最少的民族珞巴族党代表小加油，天不亮出发，半夜里才回，途中换乘了两次车，翻越了四座海拔五千米的大山；年轻记者毛更伟手中采访机随时开机，与酿酒世家的强巴丹达畅饮青稞酒，在浓浓的酒香里酿出了《强巴的新生活》，在日喀则甲措雄乡比达村的养鸡场里，伴着咯咯叫的藏鸡们，仔细倾听着《藏民边巴的十年规划》；青年记者张毛清善于在谈话中捕捉新闻线索，原来安排他采写西藏民族学院党委书记赤烈，采访结束了，正准备出门，赤烈书记一句"我很怀念自己的父亲"，敏感的毛清立刻回转身来，继续深挖，挖出了一篇《从贫困农奴到副省级乡官》，播出后让赤烈书记非常感动……

西藏的风情风物让人着迷。我们要采访的人非常多，但采访时间还要看对方工作安排，过程十分紧张。采访之余，大家还是想见缝插针到处看看，毕竟难得来一次高原。在山南的最后一天，我们组计划是全体去浪卡子县采访，这样途中可以看看美丽的羊卓雍错。没想到前一天的采访出了点小差错：丁晓兵和岳旭辉到山南后，一直琢磨要采访有特点的人物，这天，两人结伴到一百多公里外的一个门巴乡采访，途中要翻越四座海拔五千米以上的大山，可能缺氧缺得次数太多，回来时把一台笔记本电脑落在别人的车上了，要第二天下午取回。我们只好三人去浪卡子了。晚上大家在拉萨汇合后，看得出晓兵和小岳羡慕和嫉妒的心情。我们赶紧安慰他俩说："羊湖就那样，湖水蓝蓝的，可惜我们走也走不出它的蓝色；野鸭子飞啊飞，可惜抓不到；远处的雪山好远好远的，可惜我们只能在湖底里看它了……"听得他俩直叹气。拉萨有黄教的三大名寺，大家商量一定要看看。拉萨的采访对象每组有九到十人，我们分好了工，两人一组采访。第一天早饭时，接到通知，上午几个采访对象有事，延迟到下午采访。小岳赶紧催大家去看看寺庙。可是十分钟不到，我们还在宾馆餐厅里，小岳的手机响了，接完电话，小岳一声不吭，闷头拿了采访机下楼去了。原来，他负责的采访对象希望马上接受采访。第二天早饭时，又接到通知，第二批的几个采访对象还没联系上。小岳高兴坏了，又催着大家赶紧出发参观去，我们开玩笑说只收拾五分钟就出发。小岳举着一只手掌，连声说："就五分钟啊！"结果五分钟不到，大家的手机一起响了，几个人"哎呀"一声，齐道"不好"，果然是宪力有令：人已约好，马上出发采访。工作为上，大家二话没说，屁颠屁颠去采访。高原采访任务完成后，记者中心安排大家休息几天。等我们 2 月 20 日从高原撤回成都，小岳先走一步回山西，没想到第二天从广播里又听见小岳沉痛的声音，原来太原出矿难了，小岳又马不停蹄赶到矿难现场！广播记者总是在路上。

风景看不上了，我们却成了拉萨市的一道风景。2 月的西藏，气候不好。我们都穿着统一的黄色羽绒服，颜色是志东主任挑的，也是从安全角度考虑，因为黄色容易辨认。我们采访分两步：一是采访人物，大量的音响素材后期整理制作；一是每天要做现场连线。中国之声在西藏的收听率挺高，尤其是有车一族。改革开放以来，西藏的社会经济发展很快。在拉萨市，满大街跑的是出租车，有两千多辆，而每一辆出租车，就相当于一台移动的收音机。我们在拉萨市的采访，基本是坐出租车去。开始，我们在拉萨市出门打车，司机总是疑惑地问我们去哪里。后来，我们每次一拉开出租车门，司机总是笑眯眯地问我们："今天去哪采访?"再过几天,我们在大街上还没招手拦车,出租车就会主动停下。等我们上了车,司机就会主动攀谈,说起这几天我们连线报道的内容。最后,有些出租车司机已经说得出我们是哪里人了,这让年轻的记者们非常自豪。有一次,我在布达拉宫脚下的广场作现场连线报道,任务完成后,看见一辆出租车停在面前。我上车后,那位司机很兴奋地告诉我:"我听见你说在布达拉宫脚下,我正好经过这,就慢慢地找,一眼就看见你的黄衣服了。拉萨市这几天穿黄衣服的都是你们中央台的记者,很好认。"回来一说,采访组的成员几乎都有这样的经历。黄色羽绒服成了我们采访组醒目的标志了。

采访组成员绝大多数是第一次到高原采访。大家面临两大难题:一是高原反应;二是语言问题。

民主改革五十年来,尤其是改革开放以来,西藏的教育事业有了质的飞跃。尤其是中小学义务教育,不仅保留和发展了藏语教学,还有汉语和英语教学。因此我们与很多藏民沟通基本没有困难。但也有很多老年藏民,听不懂普通话。西藏记者站的几名同志,都是地道的藏族,因此成了我们追捧的老师。我们上高原第二天,旺堆站长就带我们参观了举世闻名的布达拉宫,从小就在布达拉宫脚下长大的旺堆站长,有着深厚的知识底蕴。于是参观就成了旺堆站长对我们的藏族历史文化辅导课。西藏站副站长索朗达杰与老记者琼达与基层单位熟悉,责无旁贷地担任我们采访工作的联络员;两位青年记者,英俊的罗布次仁和美丽的德庆白珍,自然成了义务翻译,又采访,又翻译,工作量翻了一番。青海站的中年记者才让多杰谦让温和,多年前在西藏站当过驻站记者,分组采访时,大家都愿意与他合作。

在西藏采访,高原反应是我们最大的敌人。大家都是老记者了,事先都有了心理准备。不过抗击高原反应的招术是五花八门:陈鸿雁家在云贵高原,她带来了云南产的螺旋藻片剂,逢人就劝大口吞服。昆明比拉萨矮了半截,大家自然对陈氏药方半信半疑;刘华栋随身带了粒粒糖,随时摸出,口嚼一粒,到拉萨第一天就满大街去找喝酥油茶的地方,说是一方山水养一方人;西藏站同志在每人房间里放了高原宁口服液,希望大家每天吸一瓶;记者中心早在北京就发给大家红景天药片了,早晚两次,大家每天口塞四片;

我也有方子，从长沙背了两包红糖万里迢迢上高原，因为书上说了，红糖遏制高原反应有效，这是前苏联科学家试验发现的。更有人带了好几条烟来，相信抽烟管用，能镇住上翻的胃。天，谁不知道点火需要耗氧吗？本来高原就缺氧，耗氧不更缺氧了吗？实践出真知，在拉萨度过了昏昏欲睡头三天后，不管是有反应的，还是反应迟钝的，大家得出一个很诺贝尔的发现：睡好啥都好，缓慢是关键。

人算不如天算，还是不幸有几位同志"挂了彩"。出现呕吐症状者四人：杜总，明慧，肖志涛，不好意思还有本人；进医院挂吊瓶者两人：志东主任和军事中心记者郭凯。头晕的不算，因为几乎人人有过。三个小组结束三地采访回拉萨集中，我和华栋深夜陪志东聊采访感受。第二天就传来志东住进医院的消息。我们心里惴惴不安，以为聊得太晚，影响了领导休息，以致"贵体有恙"。打电话去慰问，志东主任告诉我们，他的腰痛有一段时期了，我们陪他聊天，还转移了他的疼痛。这有两点信息：一是领导一直带病工作，这让我们感动；二是领导的病与我们无关，这让我们放心。还有一人是带着伤来的。陕西站的雷恺我接触过多次，印象中小伙子挺喜欢说笑的。这次在拉萨碰面，感觉深沉了一些。私下问了一下，原来一个月前，小雷住进了医院，在肚子上划了一刀，做了手术。对自己刚开始康复的身体，他还有些不放心。还有一人是牵挂着家人的伤来的。吉林站的毛更伟，新婚不久，来前妻子身体不舒服，进了一趟医院。于是小毛白天埋头采访，晚上必与玉体欠安的妻子通话抚慰，东北汉子有着南方人的细腻感情。

另有一人不知道算不算挂彩：我们2月20日离开拉萨机场飞成都，验票进了登机口，细心的刘华栋突然发现似乎少了大个子李朝奋，他赶紧要还没验票的我去找。好在拉萨候机厅不大，我很快在医务室找到了老李，他庞大的身躯几乎缩躺在沙发上，鼻子上架着吸氧管，眼睛似闭非闭，说话气若游丝。猛吸几口氧后，我赶紧搀扶着老李开始登机。老李很伤感："看来岁月不饶人啊，高原反应都比别人来的要迟。"伤感归伤感，老李革命的豪言壮语没忘记："哥们啊，我说过了，来了西藏就是胜利；现在完成了，更是胜利。"可惜他已无力通过语气来表现铿锵有力。不过老李说的是实话。我们每个人何尝不是这样的想法呢？

我们 20 日大清早离开拉萨城时，满天星光。有两人还要继续工作。中广网的陈钟举着摄像机，照例干着记者采访记者的活，挨个询问临别感言。采访组最年轻的肖志涛照例要给中国之声做连线，这也是我们采访报道组最后一次现场连线报道。小肖提了个建议，得到了大家共鸣。于是，当小肖开始与后方连线做节目时，我们都围拢了过去。小肖对着手机里的全国听众说："我们报道组成员要离开西藏了，我们一起祝愿西藏——"

　　大家一起扯着嗓子祝福道："扎西德勒！"

　　我们的队友我们的队，我也祝福你们："扎西德勒！"

（蒋琦）

后 记

作为媒体人，有权选择新闻，但无权选择时间。

2009 年 2 月 5 日，星期四，农历正月十一，牛年第一个节气——立春的第二天，乍暖还寒。此时，绝大多数中国百姓依然沉浸在欢度春节的喜悦中，而此刻，中央人民广播电台"雪域高原格桑花"采访团部分成员一行 15 人，从北京出发，跟随着早春的脚步，踏上了前往西藏采访的行程，开始了难忘之旅、艰苦之旅、使命之旅。

此次采访活动是为纪念西藏民主改革 50 周年而策划和组织的。临行前，台领导和有关方面的负责同志为采访团举行了送行仪式，送行仪式简短而隆重，有四位台领导出席了送行仪式，这充分体现了台领导及相关部门对这次采访活动的重视。王求台长在讲话中特别强调："作为国家电台，我们有责任让全国人民、让全世界人民更多地了解西藏，把一个真实的西藏、美好的西藏树立在广大受众面前。"他一再叮嘱大家，此次采访活动时间长、条件艰苦，对每一个采访团成员都是一次考验，大家要做好艰苦奋斗的思想准备。他希望大家牢记使命，努力工作，克服困难，出色、安全、圆满地完成此次采访报道任务。

考虑到让采访团的同志有一个适应过程，尽快投入采访工作，按照事先设计的方案，从北京出发的采访团成员先乘坐飞机抵达西宁，然后，再换乘火车前往西藏。

采访团乘坐的南方航空公司 CZ6994 号航班于当天 11：30 准时从北京首都机场起飞。经过两个半小时的飞行，14：00 抵达西宁机场。青海记者站几乎全员出动来迎接采访的同仁。为了让采访团的同志们能够在西宁短暂的停留时间得到更好的休息，青海站的同志们进行了周密安排，使采访团成员像回到了自己的家一样。晚上八点，采访团一行乘坐的火车从西宁出发，经过 22 个小时的运行，从北京出发的采访团成员于 2 月 6 日晚 22 点抵达拉萨，与先期抵达的采访团其他成员会合。

采访团成员来自台里多个部门，年龄最大的 58 岁，有四位女同志。采访团中只有两位同志有过西藏短暂的生活体验和经历。采访团经过两天的适应和休整之后，于 2 月 9 日在拉萨举行了启动仪式。西藏自治区党委和西藏军区的领导亲临启动仪式并发表了热情洋溢的讲话。新华社、中新社、西藏日报、西藏电视台、西藏人民广播电台等新闻单位的同行对此次活动给予了极大的关注，并对此次采访活动作了充分报道。

冬季是西藏地区气候最为恶劣、条件最为艰苦、最不适宜人类活动的季节。严重的缺氧和高海拔、低气压威胁着所有人的健康。采访团成员抵达西藏后，陆续出现了头痛、呕吐、呼吸困难、无法睡眠等明显的高原反应。面对从未有过的挑战，报道组成员以顽强的毅力，勇往直前，以高度的责任感和使命感，坚持奔走在雪域高原，广泛接触西藏各领域、各阶层的普通大众，体现了中央台记者崇高的敬业精神和极高的职业素养。

据不完全统计，在西藏采访期间，采访团累计行程近万公里，有 70 人次翻越了海拔 5000 米以上的山口，先后深入到拉萨、日喀则、林芝、山南等西藏主要地区，共采访不同领域、不同职业、不同年龄、不同层次的西藏各界人士 70 余名，他们中有知识分子，有公务员，有教师，有军人，有文艺工作者，有牧民，有商人，有普通市民，也有宗教界人士。有经历过民主改革前后的老人，也有成长在改革开放年代的青年。有藏族群众，也有部分长期工作生活在西藏的军人和汉族群众。他们的经历具有很强的代表性，他们的故事，可以见证一类人群的生活状况和精神追求。丰富的采访素材为后期节目制作提供了充裕的选择空间，为整个系列报道的成功打下了良好的基础。而做到这些，报道组在西藏期间的工作强度和难度也可见一斑。

在采访期间，三个分团每结束一天的采访，晚上都要召开会议，总结一天的采访成果，研究第二天的采访任务。同时，针对每一个选题和采访对象进行讨论，集思广益，研究采访的切入点和写作的主题与思路。往往一讨论

后
记

就是几个小时，直到凌晨一两点钟还不能休息。大家就是用这样的敬业精神和奉献精神对待这次采访工作，履行自己光荣而神圣的使命。

此次采访活动记者总数达到 30 人，从 2 月 5 日进藏到 2 月 20 日返回北京，前后共半个月的时间。采访团人员数量、采访持续时间，是中央台历史上赴西藏采访规模最大、时间最长的一次。

天道酬勤。报道播出后，得到了业内人士的高度评价，权威人士从"访普通人，看真实西藏；讲人生故事，折射时代变迁；听当事人自述，知百姓心声"等三个方面对这组系列报道给予了充分肯定。权威人士指出："新闻的力量在于真实，唯其真实才具说服力和感染力，中央电台'雪域高原格桑花'系列报道的最大魅力恰恰就是它的真实。这组系列报道通过 50 名普通人的真实故事，反应民主改革 50 来西藏翻天覆地的时代变迁，以还原真实的手法，告诉世界一个真实的西藏。该报道由于真实而充满吸引力。"

热心听众在听完这组系列报道后致信中央电台说："作为国家电台，中央人民广播电台推出的大型系列报道'雪域高原格桑花'，通过一个个普普通通的人的真实故事，向人们展示了西藏 50 年的发展变迁，感受到了愈来愈近、愈来愈真、愈来愈实的新西藏。"

权威人士的肯定，听众的评价既是对这个大型系列的褒奖，更是对报道组成员的激励。

本次采访活动得到了西藏军区、武警西藏总队等单位的大力支持，人民出版社的领导和编辑人员在本书的编辑过程中付出了艰辛的劳动，在此一并表示感谢。由于水平所限，本书肯定存在许多不足之处，恳请读者批评指正。

编者
2009 年 5 月

责任编辑:雍　谊
装帧设计:孙　昊
版式设计:鼎盛怡园
责任校对:卓荦兴商务工作室

图书在版编目(CIP)数据

雪域高原格桑花/赵铁骑　杜嗣琨 主编. -北京:人民出版社,2010.1
ISBN 978 - 7 - 01 - 008463 - 3

Ⅰ. 雪…　Ⅱ. ①赵…②杜…　Ⅲ. 新闻报道-作品集-中国-当代　Ⅳ. I253

中国版本图书馆 CIP 数据核字(2009)第 204491 号

雪域高原格桑花
XUEYU GAOYUAN GESANGHUA

赵铁骑　杜嗣琨　主编

人民出版社 出版发行
(100706　北京朝阳门内大街 166 号)

环球印刷(北京)有限公司印刷　新华书店经销

2010 年 1 月第 1 版　2010 年 1 月北京第 1 次印刷
开本:710 毫米×1000 毫米 1/16　印张:15
插页:8　字数:245 千字

ISBN 978 - 7 - 01 - 008463 - 3　定价:39.00 元

邮购地址 100706　北京朝阳门内大街 166 号
人民东方图书销售中心　电话 (010)65250042　65289539